Beaujolais & Co(Vid)

Les millésimes d'Antoine

Beaujolais & Co(Vid)
Roman natur'altruiste

Christian JUPHARD

Illustrations : Pol Juphard

ISBN : 978-2-3224-6229-2

© 2022, Christian Juphard

Édition : BoD – Books on Demand, info@bod.fr

Impression : BoD – Books on Demand, In de Tarpen 42, Norderstedt (Allemagne)
Impression à la demande

Dépôt légal : décembre 2022

« Il traitait les aristos
Comme de vulgaires bas de dos,
Mais le costume un jour lui plut
Et c'est lui qui devint cul »

Antoine

« Tu me dis avec douceur
Que tu ressens des besoins
Et quittant ma chaleur
Tu vas pisser dans un coin »

Gros Fred

« L'important c'est d'se marrer »

Papa

« Il pleut à plein temps, ça ne se dit pas »

Mon instit

A mes darons, ma souris et mes lardons,

avec tout mon amour.

Au tonton Mimi.

Merci à mon ami Lionel Perret

pour ses corrections et conseils.

Jacky, Antoine, Gros Fred, Françoise

Ça tombait à plein temps sur cette petite commune du bord de Saône. Une pluie, fine comme un coureur du Tour de France au régime et drue comme la chevelure d'un chanteur jamaïcain, vous fouettait la frime. Les parapluies se retournaient sous des bourrasques dignes d'une tempête océanique. Bref, la fin du monde n'était pas loin. D'autant que cette saloperie de COVID forcissait entre deux confinements.

Le mois de mai était là, aussi dégueulasse qu'un dimanche de Toussaint.

Jacky sortit de la librairie et courut en direction de sa voiture. Il s'était garé à deux cent mètres et se maudissait d'être assez con pour sortir par ce temps- là. Mais Jacky ne pouvait se passer de lire plus de quelques heures. Il avait fait deux fois le tour de sa bibliothèque personnelle lors des confinements successifs et autres couvre-feux avancés, et le manque de nouveauté le taraudait tel un cocaïnomane qui n'aurait plus que de la farine à sniffer.

Le vent redoubla soudainement d'intensité et de petits grêlons firent leur apparition, jonchant le sol d'une fine couche blanche qui craquait sous les pieds. À moitié aveuglé, Jacky décida de rentrer dans la première boutique ouverte sur son chemin. Par chance, c'était celle du caviste.

La boutique était sombre, un peu poussiéreuse. De vieilles étagères en bois brut supportaient des centaines de flacons de toutes les couleurs que le Bon Dieu avait données au vin. Une armoire aux vitres transparentes présentait Champagne, Whiskys, Rhums, Gins et autres spiritueux des plus tentants. De vieilles bouteilles qui remontaient jusqu'à 1890 ornaient un présentoir au fond de l'unique pièce. C'était une vraie cave, sans tambour ni trompette. Pas un de ces magasins sans âme aux meubles *Design* et à la vitrine prétentieuse, baignés de lumières pétantes qui agressent les nectars. Quelques araignées tissaient leur toile dans les coins de ce local aux ombres salvatrices pour les précieux liquides. Un endroit chaleureux qui sentait la vie simple, l'amour des bonnes choses et l'amitié.

Des tronches d'acteurs et de chanteurs habillaient les murs. On y retrouvait pêle-mêle les trois héros de *The Big*

Lebowski dans leur légendaire partie de Bowling, Brassens qui semblait leur faire un clin d'œil de son sourire si tendre, Brel, Ferré, Gainsbourg, Renaud, une affiche de concert du groupe ACDC et un *poster* monstrueux d'Iron Maiden. Quelques bouquins de Frédéric Dard et les œuvres complètes de Rabelais occupaient le bord d'un long comptoir à gauche de l'entrée. Derrière ce comptoir, tout au fond, se tenait le caviste, assis sur un tabouret, un livre à la main. Pas très grand, l'air bougon, sa petite barbiche et sa fine moustache blanchissantes rappelaient un mousquetaire qui aurait eu vingt ans de plus.

Il leva la tête vers l'arrivant qui, dans sa hâte de se mettre à l'abri, avait manqué de peu de s'étaler en ratant la marche de l'entrée.

—Bonjour ! Je peux vous renseigner ? dit-il d'une voix grave qui réchauffa spontanément Jacky.

Ce dernier se frotta les reins endoloris par le saut de la marche, avant d'offrir un large sourire mêlé de gêne et de jovialité naturelle.

—Bonjour ! Ben en fait, j'sais pas trop ! Je viens de me prendre la radée du siècle et j'ai voulu m'abriter. Après, je n'pensais pas me péter une jambe, sinon j'aurais choisi la pluie !

Le caviste éclata d'un rire bruyant. Il observa Jacky quelques instants. C'était un grand gars un peu voûté, les cheveux parsemés de gris, les yeux mi-clos par la malice et qui s'allongeaient de fines petites rides marquées d'ironie. Son visage était constellé de gouttelettes qui ruisselaient pour se perdre dans la barbe de trois jours qui habillait son menton et ses joues :

- Bois un canon, après tu sauras peut-être... ou pas !
- J'dis pas non. Tant qu'à être trempé à l'extérieur, autant s'humidifier l'intérieur. Rien de meilleur que l'équilibre pour le corps !
- Quelle couleur ?
- Dix-sept heures, ça commence à être l'heure du blanc, non ?

Le caviste se leva et alla vers un petit frigo au fond de la boutique. Il contenait une douzaine de bouteilles, quatre par étage, tirant du blanc très clair au jaune d'or.

- Un beaujolais blanc *Classic* des Pierres Dorées, de chez Jean-Paul Brun, ça te dit ?
- Connais pas mais je ne demande qu'à connaître !

Le bouchon péta joyeusement et bientôt un joli bruit de ruisseau vint concurrencer celui de la pluie. Les deux gars trinquèrent en se fixant et portèrent sentencieusement le verre à leurs lèvres. Le chuintement du divin liquide voyageant dans les bouches vint rompre le silence. Ce fut ensuite au tour de la glotte de s'exprimer tandis que le nectar s'en allait réchauffer l'organisme. Un Haaaa sourd de contentement, voire de soulagement, vint conclure en chœur cette toute première dégustation commune.

Les langues claquèrent comme le fouet d'un postillon sur le cul d'un bourrin, dans une harmonie parfaite. Le vin, lui, n'était pas « du Postillon ».

— Ça réveille les papilles, dit jacky.
— Ouais, c'est vivace, ça mettrait un mort au garde à vous. J'ai les joues qui disent bravo et le corps encore. Un joli nom du Beaujolpif, ce Jean-Paul !
— Au fait, c'est quoi ton prénom ?
— Antoine, et toi ?
— Moi c'est Jacky, enchanté.
— Ici, on dit pas enchanté mais à la tienne.

Jacky tendit son coude à Antoine en guise de check. Celui-ci le refusa d'un sourire.

— Mon coude je m'en sers pour lever mon verre, et mon poing pour mettre sur la gueule des cons. Mais on peut se serrer la paluche. J'ai de l'alcool qui se boit pas pour les nettoyer, au cas où tu craindrais les virus.

Les deux hommes se serrèrent la main, les yeux dans les yeux, et c'est ainsi qu'une amitié commença de naître au fond de leur être. C'est aussi à cet instant qu'une forme sombre apparut dans l'encadrement de la porte. C'était Gros Fred, un vieil ami d'Antoine. Une masse de cent vingt kilos pour un mètre quatre-vingt-cinq, les cheveux ras, le front bas, de petits yeux surplombant un tarbouif de gorille.

— Ben on s'emmerde pas ici, dit-il en reluquant la quille ouverte, avec un œil tout à coup éclairé. Déjà au canon à cinq heures, y'm'semblait bien avoir reniflé le Brun en rentrant, salopiots. Ils dégustent, pendant que moi je déguste de mon COVID. Je suis à peine remis, j'ai encore le goût en renaud. Je fatigue après à peine deux litres, et eux, ils boivent des canons sans moi.

Et Antoine, de rétorquer :

— Alors, pas encore crevé, vieille charogne ?

— Nan, tu vois, puisque je suis là, vieux pourri. Je passai t'acheter deux ou trois kils de ta vinasse, mais puisque tu payes ton coup, on va commencer par ça.

— Dis-donc, c'est pas toi qui viens de dire que tu reniflais le Brun ? Si j'étais chti, je te dirais que c'est vachement vexant pour Jean-Paul ou pour toi-même.
— Écrase un peu avec tes sous-entendus à deux balles, j'suis pas venu là pour me faire insulter par un mendigot, et j'ai pris ma douche en venant. T'as vu ce temps de merde ? Allez aboule, j'ai le corgnolon à marée basse.

Antoine sortit un autre verre et servit généreusement le nouvel arrivant. Celui-ci leva son verre puis en but une rasade conséquente.

— Haaaa, ça fait du bien par où ça passe. Y'a pas à dire, ce Brun, c'est une pointure. Même quand t'as le goût un peu avarié, ça t'fait friser la moustache de belle manière.
— En parlant de belles manières, tu pourrais trinquer avant de te goinfrer. Et même saluer les invités avant de trinquer.

Le gros Fred porta de nouveau son verre à la bouche. Tout en dégustant, il regarda Jacky d'un air bonhomme :

— L'écoute pas, il est toujours en train de me faire chier pour un rien. J'avais soif, et nécessité fait loi, non ? Bon, t'es qui toi ?

— Moi c'est Jacky.
— T'arrives d'où ? j't'ai jamais vu.
— Ben j'viens de Collonges, à vingt bornes. On m'a dit qu'il y avait une super nouvelle librairie dans ce bled, alors je suis venu voir. J'ai été surpris par la tempête et je suis rentré ici pour sécher un peu.
— Ha ben, tu vas pas sécher longtemps, ici, c'est moi qui t'le garantis !

Il se tourna vers Antoine qui se marrait comme un bossu.

— Qu'est-ce que t'as encore à te foutre de ma gueule toi ?
— C'est ton *Nécessité fait loi*. T'as été chercher ça où ? Chez Rousseau ?
— Si t'étais vraiment cultivé, tu lirais un peu plus la presse intellectuelle. J'ai bouquiné un super sujet là-dessus, dans un Express de 2007 qu'était posé par terre dans les tartisses de mon beauf. Ils m'ont même cherché dans toute la baraque, parce que le dossier était long et que j'ai mis du temps à sortir, tellement c'était passionnant. Ça veut dire en gros que la fin justifie les moyens, si tu veux une formule plus facile à piger.

— Merci pour la traduction, mon pote. Tu m'là recopieras un de ces quatre. Et ta greluche, elle est pas venue prendre le pinard avec toi ? Elle va encore t'abader parce que t'as choisi quelque chose qui lui convient pas, vu qu'elle picole bientôt plus que toi, elle a droit à la parole, non ?

— T'occupes pas d'la Françoise. Elle arrivera quand elle arrivera. Elle était à mon cul, mais je l'ai perdue quand j'ai accéléré sous la roye. Elle devrait suivre.

— T'es vraiment un gros goujat. La pauvre, ça fait un quart d'heure que t'es là, ça t'inquiète pas ?

— Est-ce-que je te demande si ta femme a du poil au fion ? Laisse la tranquille, ma Françoise. Avant qu'on m'enlève ce morcif, les poulets auront des chailles. D'toutes façons, avec la gueule qu'elle a, on l'aurait entendue mugir à l'autre bout du pays en cas d'souci.

Jacky suivait cette conversation surréaliste en pouffant de rire. Il vit alors rentrer une blonde pulpeuse, à la peau très blanche et aux hanches rondes. Ses joues étaient charnues comme les fesses d'Aphrodite et aussi rouges qu'un curé devant une levrette. Elle salua poliment la compagnie et se tourna vers son compagnon :

— Dis-donc grosse gonfle, c'est de moi que tu parles ainsi ? Alors comme ça j'ai une grande gueule ? Je mugis ? Tu veux vraiment que je mugisse ?

— Mais c'est l'autre gland, là, il arrête pas de me charrier, comme quoi j'suis un goujat, que j'm'occupe pas bien de toi. Je voulais juste dire que t'étais capable de te débrouiller toute seule, t'énerve pas ma Fouise.

— Ta Fouise, laisse la où elle est. C'est vrai qu'en termes de goujaterie, tu te poses bien là. Cela aurait été le chien à ma place, tu ne l'aurais pas laissé sous la pluie pour te débiner ici.

— Mais bibiche, le chien aurait pas su se démerder tout seul, et puis j'le tiens en laisse le chien en ville, c'est pas pareil.

— Non mais écoutez le ce con, mais vraiment quelle couche tu te trimballes mon pauvre Fred, tu comprends ce que tu racontes au moins ? Tu veux me promener en laisse ? Remarque, comme ça, j'aurais peut-être un peu plus de caresses que lui, pour une fois.

Gros Fred détourna la tête et se renfrogna, sachant bien qu'il n'aurait pas partie gagnée face à sa Françoise. Il rafla la bouteille d'un geste rapide et se resservit copieusement. Mais surprenant le regard noir de la fille, il lui tendit son propre verre. Elle le prit d'un air de mépris ironique.

—Bon, une quille de foutue en plus. Je remets la même ou vous voulez changer ?, dit Antoine.
—Non, remets la même, j'ai pas goûté, fit une voix de fausset qui venait de l'entrée.

« Tête-de-Rivet »

C'était « Tête-de-Rivet », un des flics du village, métisse grand et baraqué au crane aussi lisse qu'une piste de *bobsleigh*. Comme Brassens avait son Père Duval, Antoine avait son « Tête-de-Rivet ».

Celui-ci détestait les contredanses et l'autorité, préférant rendre service aux gens, tout simplement. Comme il aimait à le répéter, par besoin de se justifier, c'était son métier aussi. Gros Fred, en première ligne, lui serra chaleureusement la main en le regardant fixement.

—Salut, roussin. Ha ha, toi aussi t'as la raie du cul qui te sert de chéneau ? Elle est vraiment mal fréquentée cette taule. Y manquerait plus qu'il y ait un cureton humide qui débarque. Si jamais ça arrive, je mets les bouts moi, sans rien acheter.

Le bruit du bouchon qu'on retire l'interrompit.

—Mais bon, pour le moment, je vais rester. Ma Fouise vient d'arriver, je veux pas être égoïste, elle a même pas eu le temps de goûter au picrate.

—Et toi à la bouteille suivante, sac à vin... Ne me prends pas pour une brèle. Tu peux aller retrouver ton chien, il y aura bien quelqu'un pour me ramener.

—Jamais je te laisserai avec ces pochards, mon cœur. J'ai pas envie qu'ils te ramènent en morceaux. Même le flic conduit bourré.

—Ok, alors tu arrêtes de boire si tu veux me ramener, lança Françoise avec une douceur toute maîtrisée.

Gros Fred prit le teint cireux d'un Pierrot malade et murmura tristement un bref *Banco*.

Antoine servit ses convives, à l'exception du malheureux sacrifié. Celui-ci devint porte de prison, posant sur son entourage un regard envieux. Sa bouche soudainement sèche laissait juste échapper une pointe de bave à la commissure des lèvres. Il se rabattit sur les étagères et fit mine de lire chaque étiquette, tandis que les autres trinquaient joyeusement et faisaient claquer les langues dans sa direction. Françoise avec plus de force encore que les hommes.

« Tête-de-Rivet » s'était approché de Jacky :

—Je t'ai jamais vu par ici, toi ! T'es client ?

Ce fut Antoine qui répondit, hilare :

—Mais ho ! T'es d'la police ? T'es gonflé de venir enquêter dans mon bouclard sans ma permission. Encore une question indiscrète et tu trisses. Non mais !
—Ha ça va, il faut bien dire quelque chose pour débuter la conversation.
—Je déconne, grand ! C'est pas un client, c'est un pote à moi, depuis au moins une demi-heure. Je sais c'est rapide, c'est ce qu'on appelle le *feeling* chez les rosbifs. Et puis depuis le temps qu'il supporte les conneries du gravos, au moins un quart d'heure, s'il n'est pas encore parti, c'est qu'il vaut quelque chose.
—C'est pas faux, dit le dégarni du bulbe.
—Faîtes comme si j'étais pas là, maugréa une grosse voix au fond de la cave.

La soirée s'était avancée d'une heure et la pluie continuait de cogner aux vitres de la cave. On aurait dit des gones qui balançaient des gravillons. Le ciel s'était encore assombri, faisant ressortir la faible luminosité de l'enseigne. Les passants continuaient à courir sous le gros temps tel un troupeau de moutons désorientés. Ils regardaient parfois par la vitre, l'intérieur du magasin et enviaient la sérénité qui y régnait. Des vagues de rires s'échappaient de la porte, qui surmontaient par moments l'ambiance extérieure. Il semblait qu'un autre monde existât ici.

Jacky, Antoine et « Tête-de-Rivet » étaient en grande conversation. Gros Fred continuait de faire la gueule sous l'œil narquois, mais attendri, de sa douce. L'énorme tonneau posé au centre de la pièce était déjà bien occupé par les bouteilles vides et quatre verres pleins.

— Pas trop compliqué d'être dans la Poule par ici ?, demanda Jacky au tondu.
— C'est pas facile d'être flic maintenant. Quand j'ai commencé, c'était plus tranquille. Bon, c'était pas une vocation, hein ! J'avais quand même le bac, je savais pas trop quoi faire. Les études me poursuivaient plus que le contraire et j'étais pas trop boulot physique. J'aimais juste me balader et bouquiner. Un jour j'ai vu une affiche et je suis rentrée dans la Rousse municipale, agent tout simple. Puis j'ai passé quelques concours, pas trop compliqués je te rassure, et voilà. Pour la balade j'ai été servi… Pour les livres, j'en ai toujours un dans la fouille et j'ai souvent des moments pour me poser.

— Et ça se passe bien avec tes collègues ?
— Bof, au début, j'ai plutôt été bien accueilli. Mais aujourd'hui ça devient compliqué. Tu serres des fesses dès que tu sors de chez toi. C'est pas une mamelle comme au marché de Brives-la-Gaillarde que tu risques de te prendre. Non, tu sors systématiquement avec un gilet pare-balles. Du coup, il y a un fossé qui se creuse de plus en plus entre la population et les flics. Chez nous, ça devient chacun pour soi. Le repli communautaire en quelque sorte. Les gars deviennent tristes, en colère, puis connement extrémistes. Et ça, j'ai du mal. Ici à la cambrousse, on n'est que cinq et je le ressens tout de même. Il y a souvent des allusions à ma couleur de peau, sur le ton de l'humour. Humour de merde, oui.

Antoine intervint :
— Tu m'étonnes que le fossé se creuse. Dans le temps, nos anciens pouvaient s'expliquer de vive voix avec les poulets. De nos jours, vaut mieux s'écraser, sinon tu ramasses. Ils éborgnent les manifestants à coups de *flash-ball*. On les sent bien énervés, toujours prêts à en découdre dès que tu pisses de travers. L'autre jour, j'en ai chopé un qui était garé sur un passage

handicapé avec sa bagnole personnelle. Il est sorti en uniforme du magasin de légumes et retournait à sa tire. Je lui ai gentiment fait remarquer qu'il avait de la chance de ne pas être le pékin moyen. Il aurait pris une prune. Il m'a demandé mes papiers. Il a eu du bol qu'on n'ait pas été soixante ans avant. Il aurait pas regretté, cet abruti.

— Qu'est-ce-que tu veux dire par là ? questionna « Tête-de-Rivet ».

— J'tai jamais raconté l'histoire de mon oncle Mimile ? C'était dans les années cinquante. Les Bourres étaient pas trop bien vus dans cette période d'après-guerre. Ils étaient sortis en héros de la Libération mais avaient aussi bien fait le job pour Vichy, les quatre années précédentes. Du moins une bonne majorité d'entre eux.

Mimile rentrait en biclou du turbin, accompagné d'un de ses collègues. Ils marnaient à l'usine et on était encore loin des trente-cinq heures. Le crépuscule était déjà bien installé. Et là, deux bleus, au mitan de la route, qui lèvent la main pour les faire stopper. Les vraies hirondelles, tu sais, avec le pardessus noir qui leur arrivait aux genoux. On aurait dit des chauves-souris géantes, mais à gueules d'abrutis. Ils leur ont demandé leurs papiers. Les deux gars, encore en tenue de travail, leur ont dit qu'ils rentraient du boulot, que leurs papiers étaient chez eux et qu'ils pouvaient aller les chercher si c'était vraiment nécessaire. Les keufs n'ont jamais rien voulu savoir. Ils leur ont demandé de les suivre au poste. Les deux ouvriers ont eu beau protester, presque supplier, dire que les journées étaient longues et qu'ils étaient crevés, qu'ils pouvaient les accompagner chez eux pour leur montrer les papiers, les deux glands zélés n'ont jamais rien voulu savoir. Au bout d'un moment, mon oncle est devenu taciturne. Il s'est calmement adressé à l'un d'eux :

— Vous voulez vraiment nos papiers ?
— Affirmatif ! a répondu le flic.

Mimile a regardé son pote :
— Ils veulent vraiment nos fafs ! Il lui a fait un clin d'œil et... Poum poum. Chacun a envoyé son poing dans la fiole du condé qui était le plus proche de lui. Je ne sais pas s'ils ont été endormis avec une seule patate, toujours est-il qu'ils ont évité de se relever. Les deux compères les ont déposés sur l'accotement et se sont

trissés en rigolant sur leur vélo. Ils les ont jamais recroisés !

Jacky et « Tête-de-Rivet », amusés par le récit, se regardèrent. Gros Fred, qui s'était rapproché pour écouter s'exprima après une heure de silence boudeur :

— Il a raison, le déplumé. Tu vois, là, ça c'est réglé avec deux gnons. Terminus. Aujourd'hui, les armes sont plus les mêmes.
— Oui, dit Antoine, disons que le rapport de force n'a pas beaucoup évolué, mais qu'il est bien plus létal.
— En tout cas, tonton, il avait pas l'air de beaucoup les chérir les dèks.
— Comme je disais, ma vieille outre, c'était pas une période très faste pour eux, juste après la guerre. D'ailleurs son propre oncle avait été dézingué par la police française en 42.
— Quand tu m'auras tout dit ! Qu'est-ce qu'il avait donc fait ce pékin ?
— C'est une longue histoire. Je vais pas saouler tout le monde avec ça.
— Ben au point où on en est, raconte donc.

— Oui, raconte, dis Jacky. Avec un bon verre c'est toujours agréable. Mais… il est vide mon verre. Qui a sifflé mon godet ?

Les regards se tournèrent unanimement vers Gros Fred qui, tout penaud, avoua :

— Ho les gars, c'était une torture de vous voir picoler des bonnes choses comme ça. J'ai pas résisté, j'avais trop soif. J'suis qu'un pauvre être humain. Et les histoires, ça m'fout la pépie. Pardon ma Fouise, j'arrête, j'te promets, c'était juste un comme ça.

Françoise pris son homme dans ses bras et l'embrassa doucement.

— Un verre, ça ira, lui dit-elle en souriant tendrement.

— En tout cas, t'es un rapide mon pote, ajouta Jacky. Parce que je l'ai pas beaucoup lâché mon gorgillon.

— J'ai fait cul-sec, *fissa*, dit Gros Fred, soudain fier. J'ai la gargane comme un tuyau de douche, ça glisse tout seul, pas besoin de réfléchir.

— C'est plutôt un tuyau de chiottes, vu ton haleine. Et pour ce qui est de n'pas réfléchir, ça te fait un gros atout, railla Antoine.

L'assemblée éclata de rire sous l'œil blasé du Bibendum.

—Allez, raconte ton histoire au lieu de t'foutre de ma gueule, enfoiré.

—C'était environ dix ans avant l'affaire de mon oncle Mimile, vers le début de la guerre. Mes grands-parents, donc les parents de Mimile, habitaient en Saône-et-Loire. On leur avait demandé pendant quelques temps d'héberger des gamins juifs en transit, ce qu'ils avaient spontanément accepté. Cela avait duré quelques temps puis les enfants étaient repartis vers des cieux plus cléments. Du moins tout le monde l'espérait. Mais l'information avait dû fuiter puisque quelques jours après le départ des gosses, les boches débarquèrent avec uniformes et mitraillettes dans la cour de la maison. Ils mirent tout le monde dehors, mon grand-père, ma grand-mère et leurs trois mômes qui devaient avoir de six à onze balais. On les fit s'aligner contre le mur de la maison et le commandant des frisés leur demanda où étaient les enfants juifs. Devant les dénégations de chacun, il demanda à ses nazis de les mettre en joue. Mes oncles devaient bien avoir été affranchis, ou alors ils n'avaient pas été mis du tout dans la confidence, car pas un ne parla. Mes grands-parents continuèrent de chiquer les innocents, indignés par les mauvaises langues et les jaloux qui avaient pu inventer cette mauvaise fable. Malgré l'œil glaçant des canons tournés vers eux et le bras levé du commandant, ils tinrent bon leur version. Finalement et heureusement car je serais pas là pour vous causer de ça, le bras ne tomba jamais. Le teuton remballa ses sbires comme il était venu, et repartit sans même jeter un œil à la famille terrorisée. Je peux vous dire que mes oncles sont restés longtemps insomniaques, d'autant que les *schleus* sont revenus à trois reprises leur faire le même coup dont une fois en pleine nuit. À chaque fois le même rituel. Petits et grands sortis de la maison à grands coups de pied dans l'cul, alignés contre le mur, visés, mais le bras n'est jamais tombé. Mimile m'a même raconté qu'il se demandait si le commandant était un si mauvais bougre que ça. D'autres n'auraient pas hésité à le baisser, le bras. Syndrome de Stockholm ou intuition enfantine, on ne le saura jamais.

— Ouais mais l'dabier d'Mimile, où qu'il est dans tout ça ?, demanda le Gros Fred, fasciné par le récit.

—J'y viens mon pote, j'y viens. L'oncle Léon, c'était le frangin de ma grand-mère. Il était de mèche avec le réseau de passeurs des gamins juifs, et commençait à organiser avec d'autres gars une forme de résistance face à l'envahissement de l'occupant. Ils ne savaient pas encore comment tout cela allait se goupiller, mais ils s'y préparaient. Léon traînait pas mal dans les bistrots, non pas pour ses goûts de pochtron, même s'il ne crachait pas dessus paraît-il, mais pour essayer d'obtenir un maximum d'informations utiles pour son réseau et ses plans à venir. Il restait des heures entières dans un coin, contre le comptoir, l'air bourré et bien simplet. Mais je peux vous certifier que ses escalopes tournaient à plein régime. Un jour, il vit rentrer Firmin, le cantonnier du village, accompagné de deux allemands. Ils se marraient comme des bossus. Firmin, c'était le brave type pour tout le monde. Un gars tout maigre, orphelin je crois et un peu tristounet. Il avait la gueule vérolée comme un ananas et n'avais jamais trouvé chaussure à son pied auprès de la gente féminine. Ou plutôt, personne n'avait voulu de lui. Mais il était le bienvenu chez tout le monde et lorsqu'il travaillait, à chaque maison devant laquelle il passait, on l'invitait à boire un canon. Un coup de pichtegorne par ci, une fine par-là, en général il finissait la journée dans sa brouette. Il y avait toujours une âme charitable pour le ramener pieuter chez lui. Et là, voilà donc le Firmin qui débarqua en blaguant, avec ses deux *schleus*. Ils se posèrent autour d'une table, redevinrent sérieux. L'un des deux occupants, qui parlait parfaitement le français, murmura : *Alors, Firmin, quoi de neuf ?* Le Firmin répondit : *Pas grand-chose Franz, J'ai vu le curé discuter avec l'instituteur hier, ils avaient l'air bien nerveux. Ils se cachaient, mais je les ai entendus parler de salauds de boches. J'ai pas pu en entendre plus, ils m'ont repéré et se sont vite séparés. Intéressant, et quoi d'autre ?* Demanda le schleu. Le Firmin continua ses commérages : *Y'a une famille qui semble vouloir se faire la malle. Celle qui habite à côté de la cure. Hier, ils m'ont invité à boire un godet, et j'ai vu plein de bagages tout faits par la porte de leur chambre. Le père m'a même lâché qu'on risquait de pas se voir pendant un moment, et qu'il allait bien me regretter, parce qu'il rigolait bien quand je passais.* Le schleu répondit : *C'est noté ! Et sinon, pas* d'étrangers hébergés quelque part, pas de juifs dans le pays ? Firmin : *Rien depuis ceux de la dernière fois. Au fait, vous les avez chopés ?* Franz : *Non, il semble qu'ils soient partis. Mais on ne lâche pas, on continue à surveiller la maison. Peut-être reviendront-ils ?* Puis Franz sortit quelques bons de rationnement et deux paquets de gris et les posa sur la table. Firmin les rafla d'une main leste et les jeta dans sa besace. Les trois gars trinquèrent, burent silencieusement, se saluèrent discrètement puis sortirent. Les deux allemands d'abord et Firmin dix secondes après. Le bar était désert et ils n'avaient pas vu Léon tapi dans l'ombre du fond du comptoir. Le taulier le regarda avec une moue de dégoût. *Sans commentaire*, se contenta-t-il de dire. Léon sortit effectivement sans un mot, le rouge au front. Dans le coin, la délation faisait rage et maintenant, il savait pourquoi. Outre les voisins jaloux, les lèche-culs congénitaux, les collabos de naissance, il y avait Firmin. Firmin qui pour quelques babioles dénonçait à tour de bras.

— On est vraiment dans un pays de champions, lança le Gros Fred. Ça a pas beaucoup changé depuis. Ça jaspine dans tous les coins pour un oui ou un non. La gerce qui fait cornard son bonhomme, le voisin qui sort son escarbilleur après le couvre-feu, le brave type qui donne le pauvre clandestin. Tout l'monde se mêle du cul de tout l'monde ! La délation, c'est un sport national.

—Bien vu gros, répondit Antoine. Et le Firmin, c'était un sportif de haut niveau.

—Bon alors, qu'est-ce qu'il a fait du coup Léon ? coupa Jacky, impatient de connaître la suite.

—Attends, j'vais remettre un canon, ça assèche la gorge de raconter.

—C'est pour moi. Voyons voir, un Chablis de chez Dauvissat, ça pourrait bien faire le joint, dit Jacky en se levant.

Le bouchon fut vite éjecté et le vin coula sous l'œil concupiscent et malheureux du Gros Fred.

Antoine reprit :

—Donc Firmin était une bonne graine de collabo, apte à renseigner toute une cohorte d'envahisseurs. Léon décida d'agir, même s'il connaissait déjà la finalité de ce qu'il allait faire. Le midi, Firmin avait pour habitude de casser une graine dans le même bistrot où il était venu ragoter avec les deux allemands. Ce jour-là, il arriva pile à l'heure, rentra et avança de quelques pas. Il fut surpris de voir la salle totalement vide. Il tourna la tête vers le taulier qui, le regardant d'un œil plein de reproches, lui dit : *Désolé, mon gars, fallait pas venir faire ton petit trafic ici.* Affolé, Firmin se retourna pour sortir, mais trouva Léon en travers de son chemin. Il parait que Firmin se chia dessus, mais ça c'est un détail de mon oncle Mimile que je ne peux pas certifier. *Laisse-moi passer* supplia Firmin. Léon sortit un petit pistolet de sa fouille et lui colla deux balles dans le cœur. Puis il s'assit devant la dépouille, à cheval sur une chaise, et attendit tranquillement que la maréchaussée se pointe. Ce qu'elle ne tarda pas à faire, alertée par le bruit des coups de feu. Il prit tout à son compte, affirmant qu'il avait menacé le bistrotier pour arriver à ses fins. Il fut fusillé le lendemain, toujours par la flicaille française. Et depuis ce temps, il est vrai, on est un peu méfiant dans la famille, vis-à-vis de la volaille. Ils ont trop tendance à l'obéissance, sans conscience et je trouve qu'ils sont de plus en plus formatés. Mais bon, je veux pas faire d'amalgame, regardez mon « Tête-de-Rivet », le brave roussin que c'est !

Le Tondu sourit. Chacun leva son verre et but silencieusement.

—Moi, dis Jacky, j'avais aussi un oncle flic. Un brave gars, pas très acharné sur la prune. On faisait de belles soirées avec lui, on refaisait le monde jusqu'à point d'heures. Il aimait bien en boire, de la prune. Il avait de la philosophie, le bougre. Il officiait sur Lyon. Un matin de novembre, avec un de ses collègues, ils ont entendu une nana qui hurlait « Au secours » dans la baille de la Saône. Il a plongé sans réfléchir, suivi de son pote. L'eau était à onze degrés. Il a coulé à pic. L'autre a sorti la donzelle qui, en fait, venait de faire une tentative de suicide. Elle a survécu, lui est clapsé. Il a eu fanfare, décoration, légion et tout le toutim. Mais bon, il était mort. Il a même pas eu le temps de connaître sa petite fille.

Antoine regarda tristement Jacky :

—Ça n'fait rien, il y a des flics bien singuliers, chanta t-il.

—Ben moi aussi j'ai une histoire de gengen pas piquée des hannetons, scanda Gros Fred. Une pas triste !

Les autres le regardèrent, interrogatifs et déjà amusés.

—Ouais, parce qu'avec mon cousin gendarme, c'était pas la même limonade.
—Hou là, t'es allé la chercher loin celle-là. Tu sais foutrement bien l'etaler, ta culture, railla Antoine.
—Ma culture, elle t'emmerde. Elle est large comme un cul d'vache, ma culture, et profonde comme le grand canyon.
—Profonde comme une fosse à purin tu veux dire.

Tout le monde rigola. Gros Fred fixa l'assemblée avec la hauteur d'un Condor qui ne dormirait pas, et attendit que le silence revienne. Puis reprit :

—Jean-Michel qu'il s'appelait. Il était sympa, un peu comme ton gus, Jacky. J'vous parle d'y a vingt ou vingt-cinq ans alors peut-être qu'à l'époque, y z'étaient pas aussi formatés comme disait l'autre enfoiré. C'était le gars, tu sortais de la Saint-Vincent Tournante avec deux grammes pour rejoindre le parkinge, il t'attendait à la sortie avec l'alcotest. T'arrivais, il mesurait, et quand t'étais bon pour le trou, il te sortait *Mon pauv' Monsieur, vous êtes bien mal en point. Allez faire une petite sieste à l'ombre dans votre voiture et vous pourrez repartir d'ici une heure ou deux.* Il était comme ça, l'Jean-Mi, pas chien pour un rond. Un jour, ses collègues lui ont organisé une bringue, j'crois bien que c'était pour ses cinquante balais. Il pouvait amener de la famille ou des potes. Des potes, il en avait pas bézef. Il sortait pas beaucoup de la brigade, mon couz'. Alors il m'avait demandé si je pouvais l'accompagner. J'avais la quinzaine à l'époque, j'étais curieux de voir ça ! J'me suis r'trouvé à la gendarmerie dans une grande salle, au milieu des perdreaux. Ça braillait sérieux. C'était des boute-en-train ces mecs-là. Au dixième Whisky Coca, y chantaient des chansons paillardes vachement intéressantes pour mon âge. On aurait dit un car de *schleus* à la fête de la binouze. C'te cuite qu'y t'naient les bourres. J'me suis bien fendu la poire, même si j'ai posé mon foie, parce que, le Whisky Coca, j'ai jamais pu blairer, et encore moi digérer. Pour moi, y'a qu'le pinard de vrai, et du beaujolpif de préférence. Bref, la soirée se déroule et tout à coup y 'a un gonze, qui devait être de planton, qui radine. Il avait reçu un appel pour des gaziers suspects qui tournaient autour d'une baraque. Le planton en profite pour s'enquiller une ration XL de leur potion dégueulasse. Même moi, en comparaison de lui, j'aurais l'air d'un puceau du gosier. C'était la descente de Val d'Isère, en piste noire. Après ce remontant, le planton a dû gueuler pour se faire entendre. Finalement, le capitaine et un autre gars l'ont accompagné. Sont partis en fourgon, voir la maison en question. J'peux vous dire que leur chiotte est partie en zigzaguant. Mon cousin à vomi, rien que d'la regarder décaniller. Ils ont quand même réussi à rev'nir, deux plombes plus tard. Le fourgon était tout cabossé et le capitaine aussi. Il avait plus de bésicles et son futal était tout déchiré. Les autres se fendaient la poire comme des baleines. Il était encore bien rond, le capitaine, il nous a raconté en roulant les *r* comme un gengen de l'époque « Fernandel » *Capitaine Blairrreau au rrrapport ! Arrrêtez de vous marrrer ou j'arrrête tout ! Nous sommes allés, suite au signalement d'un voisin, inspecter les alentourrrs de la maison sise au 32 Maindmasseurrr à Saint-Genis. Nous avons pénétrrré dans la courrr, le porrrtail étant ouverrrt. L'adjudant Tonku qui conduisait, a légèrrrement arrraché l'une des porrrtes du porrrtail, avec l'aile de notrrre véhicule, aile que nous avons dû laisser surrr place,* car encastrrrée dans le porrrtail en question. Un peu de sérrrieux, voyons, il va y avoirrr des sanctions ! Pendant que vos valeurrreux collègues faisaient le tourrr de la maison, j'ai prrris surrr moi d'escalader le balcon, pour voir si toutes les issus éventuellement violables étaient bien ferrrmées. Comme je parrrvenais, à la forrrce de mes bras, sur l'extérrrieurrr du balcon, mon pied à rrripé, ce qui m'a valu une chute que mon planton, ici présent, a qualifié d'imprrressionnante. Mon pantalon s'est accrrroché après un crrrochet qui soutenait un pot de gérrranium, ce qui l'a trrrès sérrrieusement dégrrradé, ainsi que le pot en question, qui m'a suivi de prrrès. L'Adjudant Tonku qui rrrevenait de ses investigations, m'a aidé à me rrrelever avec l'aide du planton. En même temps, il a écrrrasé mes lunettes. N'ayant rrrien à signaler nous décidâmes de quitter la prrroprrriété, en éfleurrrant seulement l'autre porrrte du porrrtail. Le planton va contacter l'asssurrrance pour les dégâts commis chez le parrrticulier et notrrre véhicule de fonction. Rrrompez, et arrrêtez de rrrigoler ou je supprrrime l'alcool. Je m'en souviens comme si c'était hier, de son discours, au bleu. Y a juste les blazes, où j'suis pas certain. En tout cas, il a pas supprimé l'alcool, vu qu'il a terminé la nuit à lichetrogner, histoire de récupérer son r'tard. Mais j'ai jamais vu une marrade aussi générale chez les argousins. Même dans les films de Funès. Y s'roulaient tous par terre. J'en ai même vu un qui s'est pissé d'sus. La moitié a pioncé dans la salle, sur une chaise ou carrément sur une table. On a giclé à l'aube avec mon cousin et à pince. Avec ce qu'on avait descendu, on aurait pu irriguer l'Éthiopie pendant un mois. C'était plus prudent, à pince.

La rigolade provoquée par l'histoire de Gros Fred ne fut pas au niveau de celles de ces augustes gendarmes, mais Françoise y alla tout de même de son petit accident urinaire et Jacky faillit s'étouffer. Soudainement, un voile de bruine digne de la Bretagne la plus profonde aspergea tout le monde et on entendit jusqu'aux hauteurs du village le mugissement de Gros Fred :

—Mais Bon Dieu ! Quel est l'enfoiré de salopard qui a mis de l'eau dans un verre ? C'est pas possible, on veut ma mort. C'est toi Antoine ? Hein ? Charognerie !

— Désolé, j'ai pas pu m'en empêcher. Je savais qu'à un moment ou à un autre, avec ton histoire qui t'aurai bien asséché les muqueuses – déjà qu'elles n'ont pas besoin de ça – tu chouraverais de nouveau un godet sur la table. Il suffisait juste de le poser à ta portée. Enfin, c'était pas une raison pour arroser tout le monde, gros crade.
— Avec des amis comme toi, on n'a pas besoin d'ennemi, espèce d'assassin.
— Ho ça va, écrase, Capitaine Haddock. Tiens, je te sers un coup, du vrai, du bon cette fois ci.
— Mais j'ai pas le droit, tu sais bien. Tu me tortures en plus.

Françoise regarda Gros Fred avec tendresse, lui caressa les cheveux et déclara : Au point où nous en sommes, et comme c'est parti, je pense que tu peux picoler mon chéri. À mon avis, nous ne sommes pas encore sortis d'ici. En plus, on vient de passer l'heure du couvre-feu, théoriquement il faut attendre six heures maintenant ! En parlant de couvre-feu Antoine, Sarah ne devait pas venir ?

Sarah

Le couvre-feu venait de tomber. La pluie qui semblait complice avait évacué les derniers passants et laissait place à une nuit fraîche qui s'installait tout doucement.

À la cave, on commençait sérieusement à être attaqué. Le pinard était devenu rouge, et ce sang divin abreuvait généreusement les convives. Antoine avait sorti sa guitare et les refrains s'enchaînaient, entrecoupés de rires et du choc cristallin des verres. On avait fermé les volets et personne dehors ne se serait douté de l'ambiance qui régnait céans. Pourtant, on frappa à la porte.

— C'est Sarah, cria Françoise en allant ouvrir.

C'était bien Sarah. Un bref instant de silence salua son entrée. Comme à l'accoutumée, son arrivée coupait le sifflet au plus bruyant des marlous. Elle apparut, avec la grâce d'une danseuse de flamenco dans chacun de ses gestes. Elle était petite, fine mais pulpeuse et tout son être dégageait une beauté irrationnelle. Les cheveux très longs, noirs et bouclés donnaient à son visage presque enfantin, des airs de gitane sauvage soulignés par son regard sombre et fiévreux. Sa bouche carmin, aux lèvres pulpeuses, était un appel au baiser. Un petit nez légèrement arrondi donnait au visage la touche de malice qui manquait pour qu'il fût parfait. Françoise, qui l'adorait, la serra dans ses bras.

— Faudrait pas trop voir à nous exciter, lança Gros Fred.
— Tais-toi pochtron, ou tu arrêtes tout de suite de picoler, répliqua Françoise.

Gros Fred remit le nez dans son verre en maugréant :

— Si on peut plus déconner, j'ferme ma gueule. Enfin, j'me demande vraiment comment une fille choucarde comme ça a pu tomber dans tes bras, Antoine. C'est de la confiote aux pourceaux, ça.
— Hey ! L'hôpital qui s'fout de la charité ! Elle est jolie la Fouise et t'as vu ta tronche de primate.
— Ben l'hôpital justement, j'y bosse. Infirmier, c'est mieux que caviste, non ? Moi j'm'en occupe bien d'ma Fouise, j'lui soigne ses petits bobos, j'la caline, j'la dorlote. Toi tu fais quoi à part lui offrir des canons ?

— Ce que je lui fais ? Je vais certainement pas te le dire à toi, espèce de grosse gonfle obsédée. C'est dans un hôpital psychiatrique que tu devrais marner pour poser des questions aussi tartes. Et la Fouise, elle te dorlote pas, toi ? Elle qui a même osé te déberlinguer ? Faut en vouloir, tout de même. Elle devait être bien cuitée ta promise.

— D'abord elle avait rien bu, et puis elle m'a jamais déberlingué, grand couillon. J'en ai eu des aventures, moi, en résidence étudiante. Même que j'avais un certain succès. Les gerces, elles aiment bien les gars comme moi, baraqués, rassurants et cultivés en plus!

Tout l'assistance éclata de rire et Sarah, qui n'avait encore pu placer un mot, demanda à Gros Fred :

— Et tes chevilles, comment se portent-elles ?

— Mais foutez-moi la paix, avec mon physique. Vous êtes jaloux ou bien ? Mes chevilles, elles sont normales et elles vous emmerdent. Mate, Sarah, elles sont exactement pareilles que celles de ton casse-dalle ou que celles de Jacky. Y'a que « Tête-de-Rivet » qu'en a pas. Lui, on passe direct du molleton au panard. Y'a pas de limite. C'est pas beau d'ailleurs.

—Dis-donc, je t'ai rien dit moi, alors ne vient pas me chercher des noises avec ta graisse rassurante, l'interrompit « Tête-de-Rivet ».
—Scuse-moi, grand, c'est vrai que des fois, t'es moins con qu'eux, pour un royco. Mais j'me permets de te détromper. C'est pas d'la graisse, c'est du muscle. Et les nanas, elles adoraient ça ! À la fac, je faisais de la muscu' avec un couple de potes. Même la gonzesse était laubée comme Schwarzy. Elle avait des bras comme mes cuisses et un cou de taureau en rut. Fallait voir l'morcif, elle levait une table comme Antoine une boutanche, mais en plus gracieux.
—Tu dis ça parce-que tu l'as levée ? dit Jacky.
—Nan nan, y avait pas moyen. Déjà, c'était la meuf d'un pote et ça c'est sacré, mais en plus elle avait pas d'nichemards. C'est l'souci des culturistes. On dirait qu'elles ont deux toasts coupés en diagonale avec une câpre d'sus. Moi j'aime bien des gros nénés tout blancs comme ceux d'ma Fouise, avec des gros tétons. Son omelette à ma pote, ça m'aurait coupé la chique.

Françoise le fixa en fronçant les sourcils :

— Si tu pouvais éviter de dévoiler des détails, ce serait sympa. Si tu veux, j'ai aussi de quoi dire.

— Désolé, ma poule, c'était juste pour illustrer, sinon y comprennent rien ces jobards. Ce que je veux dire, c'est que j'étais déjà séduisant à l'époque, et qu't'as pas été mon premier coup, comme tu l'sais. D'ailleurs, j'ai eu une belle histoire grâce à mes deux culturistes.

— Et c'est reparti, coupa Antoine.

— Ha ! Ta mouille, toi. Tu lances toujours des vannes et après tu veux pas qu'on s'explique.

Antoine, bien-sûr n'attendait que cela. Jacky lui, était carrément avide d'explications. Quant à « Tête-de-Rivet », il se rapprocha du centre de la conversation. Les filles écoutaient, un peu à l'écart, en pouffant déjà.

Gros Fred reprit :

— C'était une fois où ils étaient venus boire un canon à la résidence. J'avais une piaule où t'avais la cuistance, le bureau et le pieu dans douze mètres carrés. On était attablés et on écopait un beaujolpif de chez Romany. Ouais, j'étais déjà au beaujolpif à l'époque, rapport aux vendanges que j'faisais chaque année. Le Romany nous sortait un picrate simple mais honnête, velouté et plein d'fruits et d'fraîcheur. Quand j'y allais bosser, je ramenais ma paye en boutanches quasiment pour l'année. J'les mettais au frais sous mon plumzingue, histoire de pas m'les faire chourer par les copains. Bref, on venait de bousiller quelques quilles d'ce raide de première, quand mon pote a dit qu'ils devaient partir. Rapport à sa belle-doche qu'allait pas tarder à poser un marmot. Le mioche était trop bas et elle avait été hospitalisée. Ils allaient la voir régulièrement, car elle s'emmerdait à l'hosto. Ils ont décanillé et je me suis retrouvé tout seul avec un demi-kil de rouge tout malheureux. J'me sers un verre – Tiens, Antoine, remets-en un aussi – et j'commence à peine à lever l'coude qu'on sonne. J'ouvre et... Vingt dieux la vision. Z'auriez vu la môme ! Une belle métisse, gaulée d'première, avec des ramasse-miettes comme des éventails et un sourire émail diamant. J'lui demande en quel honneur et à qui ai-je à faire en matant ses doudounes qui m'fixaient clairement. Elle me répond qu'elle connaissait dégun dans la résidence et qu'elle avait croisé mes deux loustics qui r'descendaient d'chez moi. Elle leur avait demandé s'ils étaient de l'immeuble, raconté qu'elle s'emmerdait toute seule et qu'elle aimerait bien rencontrer des gens. Ils lui ont dit qu'ils connaissaient un gars sympa au cinquième, ce qui est la stricte vérité, pour l'étage et pour la sympathie, lui ont donné l'numéro d'ma turne et la voilà qui débarque. Tu penses bien qu'je les ai bénis, les gonzes. J'savais pas encore… Du coup, j'l'invite à trinquer avec moi. On s'assoit, j'lui sors un glass propre et hop ! Une petite rasade. On commence à discutailler l'bout d'gras. Claudette, elle s'appelait. Son dabe était camerounais et sa daronne alsacienne, blonde comme une *pale ale*. J'vous dis pas l'mélange que ça donnait. Sa peau, c'était de l'ébène brillant comme les boucles d'oreilles d'feu la Reine Mère. Elle avait les traits, très très fins, et une bouche… Une bouche… Miam… qui donnait faim. Et avec ça, des yeux marrons, très coquins, vous voyez ce que j'veux dire. Bref, on cause philosophie, époque de merde, gens méchants, transports mal desservis, vie chère, capote hors de prix, etc. Moi je commençais à en avoir un coup dans l'escarbille et je décide de descendre d'un étage, histoire de poser mon fion plus confortablement, sur mon plumard.

Elle a pris ça pour un signal, la donzelle. Elle m'a extrapolé le cigare à moustache en moins de temps qu'il n'en faut à un polak pour sécher son glass. T'aurais vu ça. De l'artisanat pure souche. Une habileté dans les doigts, qu'à côté on dirait que Django joue de la gratte avec des gants de boxe. Elle m'a interprété un air de pipeau pas piqué des hannetons. Moi, vous m'connaissez : calme, tranquille, mais si on m'fait monter le Zéphir, j'deviens tornade. Surtout que quand j'ai les ailerons qui commencent à divaguer, j'ai l'érection facile. J'lui ai fait une fête. Mieux qu'un bal des pompiers, si j'ose dire. Elle avait tellement les miches qui fumaient qu'elle s'est mise à bramer du Florent Pagny. Comme quoi qu'on pouvait tout lui prendre mais qu'on n'aurait pas sa liberté de penser. J'y ai tout pris, mais j'lui ai laissé le reste, c'était à elle, j'en avais rien à braire. Après sa ramonée, elle s'est mise en chien de fusil, avec un sourire jusqu'aux deux esgourdes, et des yeux où tu pouvais lire de la reconnaissance. Oui oui, vous foutez pas d'ma gueule. De la reconnaissance ! J'me suis allongé à côté d'elle, lui ai posé la paluche sur un nichon, j'm'en rappelle bien d'ça, d'ses nichons comme des poires, bien fermes avec des capuchons durs comme des bouchons de stylo Bic. Ils montaient et redescendaient au rythme de sa respiration qu'était encore bien emballée. J'me suis tapé une pionce du tonnerre avec ce bercement. C'est une drôle de sensation que j'vous souhaite à tous qui m'a réveillé. Un coulissement tiède et rapide sur le Nestor. Elle était déjà remontée au turbin la gueuze. Elle aspirait tellement fort que j'avais peur que le drap me rentre dans l'derrière. *T'en veux encore ?* que j'lui ai demandée. Elle a pas répondu, juste accéléré le mouvement. Moi je voulais bien laisser tousser Bambi mais j'ai ma fierté. Le plaisir de l'autre d'abord. Après vous s'il en reste, madame. J'l'ai chopée par les hanches pour la poser en quatre-vingt-seize. Ou soixante-neuf si vous voulez, soyez pas chiant. Moi, j'excelle de la menteuse – Françoise vous l'confirmera. Mais non amour, fais pas la gueule, j'illustre – car j'ai une technique hors concours. Au bout de deux minutes, la Claudette dansait la Lambada sur mon pif. Waouh le frottement. On aurait dit qu'elle était collée à mon clapet, qu'elle pouvait pas se déplacer de plus de trois centimètres. J'arrivais plus à respirer. Elle me colmatait le clapoir et l'tarin en même temps. J'avais beau lui mettre des battes sur les fesses, ça l'excitait et elle se collait encore plus. Finalement, j'lui ai soufflé dans l'cul ! Hé ben ça a fonctionné. Y a eu comme un bruit d'trompette, elle est partie en avant et s'est retournée en me demandant : *Ben qu'est-ce que tu fous ?* J'ai pas répondu. Le temps de reprendre mon souffle, j'lai chopée pour la retourner et en avant cosaque. Elle s'est remise à bramer du Pagny. J'ai su après par elle-même, qu'elle était fan et amoureuse du blaireau. Bon c'est son droit, mais c'est encore pire que du Claudel, je crois. Pendant l'acte, ça m'a pas figé parce que j'ai l'escargot endurant, tu vois, mais j'ai dû brailler des insultes pour couvrir un peu. Les voisins ont dû croire qu'y avait un concert de trash métal à côté. Les insultes l'ont excitée à tel point qu'elle est partie à dame en s'roulant dans tous les sens comme une épileptique. Elle m'a éjecté comme un étron, juste comme j'arrivais à bon porc[1]. J'ai arrosé le sol. Copieusement. J'ai eu beau laver, deux jours après, ça glissait encore. J'ai même retrouvé une petite stalactite séchée en haut d'mon étagère à vaisselle la semaine suivante. Enfin, c'est pas l'sujet. J'l'ai remerciée pour son altruisme de me laisser éterner l'bigorneau comme un con au mitan d'la cuistance, et qu'si elle voulait recommencer un jour, ce s'rait pas mal de régler nos montres. Elle m'a souri et s'est endormie, pénarde, le cul encore en l'air. Bon, moi j'm'assois, histoire de récupérer un peu de mes deux fourrages quasi consécutifs, j'bois l'reste de raide et je décide d'aller me doucher. Faut dire qu'il faisait trente degrés et qu'j'étais tellement moite que j'aurais pu skier sur un coron. J'me pointe à la salle de bain, j'règle l'eau bien fraîche histoire de me retaper un brin. Un coup d'eau chaude, puis re un coup d'eau froide, comme au sauna. J'commence à m'sentir bien, j'règle sur tiède, une liche d'shampoing et me voilà bienheureux comme Alexandre, en train de me masser la rotonde en pensant à rien. Je ferme

---

[1] Laissez, c'est pour moi !

les chasses, souris aux anges et puis... Voilà qu'on m'agrippe Ernest. J'ouvre les gobilles. C'était la mousmé qui r'montait au front. Enfin au front... plutôt au sgègue. Toujours à oilpé, elle me l'tirait comme si elle avait voulu l'emporter avec elle. *Ho, garde ta liberté de penser et laisse-moi mon chibre,* j'lui dis,. Tu parles, Charles, elle vient se frotter contre moi sous la douche, et sa peau toute frissonnante de chair de poule commence à me donner des picotements. Mais bon, t'as beau être le N'Golo Kanté du sexe, y a un moment où tu cries « pouce ». J'lui dis *J'te laisse la gâche* et je me trisse en vitesse du bac à douche. Elle me lance un regard lourd comme une blague de Bigard, et pis elle se met à se frotter de partout avec mon gel douche. Moi j'retourne m'assoir, y a plus d'pinard alors j'prends une binouze dans l'frigo. Elle arrive, toujours en costume d'Eve, briquée et séchée, les cheveux brillants. Une belle bête tout de même, je me dis. Elle me regarde d'un air boudeur : *Bon puisque t'as plus envie de moi, je retourne at home. Je suis au troisième, appartement trente-trois si le cœur t'en dit. Bisous.* Et elle se barre, sans s'retourner. J'me rappelle qu'il était dans les sept heures du soir et que sur le coup, j'ai éprouvé du soulagement. Je m'prépare une bonne tortore, histoire de me r'faire une santé et j'me cogne une plâtrée de linguines qu'un coureur cycliste aurait pas craché d'sus après une étape de montagne du Tour des Pyrénées. J'me pose paisible sur mon pieu devant un bon Thalassa et j'commence à ronquer. Vers trois plombes du mat', un grattement me sort des plumes. *Merde,* j'me dis, *Y'a des gaspards ou bien ? Qu'est-ce que c'est qu'ce merdier ?* Je cherche partout dans la pièce, mais tu penses bien qu'au cinquième, y a pas foule de rongeurs. Ça regratte. *Ha, c'est la porte ! Qui c'est qui vient m'les casser à ces heures ?* Ben ouais, vous avez deviné, bandes de glands. Non pas toi, Trésor, ni Sarah, juste les autres. Et encore, j'connais pas assez Jacky. Oui, c'était Claudette. *Ça te dérange si je dors avec toi ? J'arrive pas à m'endormir. C'était trop fort cet après-midi. Mais peut-être que dans tes bras, le sommeil viendra* qu'elle me dit. J'ai trouvé ça assez poétique et gentil et j'ai accepté comme un con. Faut dire qu'elle avait un déshabillé qui portait vachement bien son nom et qu'aurait foutu la trique au soldat inconnu. On se pieute donc, j'la prends dans mes bras, lui roule une galoche longue comme un discours présidentiel, et puis dodo. Enfin si l'on peut dire. Elle prend ma main et la place sur sa croupe, sous le déshabillé. Et puis elle ferme les yeux. Moi je la mate, et la gaule finit par me reprendre. Mais je décide de rester calmos. Et je parviens à roupiller. Pas longtemps ! C'est le rythme d'un trot qui me tire des nuages. Mademoiselle était montée sur moi et me chevauchait au rythme d'un gazier sur un bourricot. T'as d'jà vu ça, comme ça s'coue ! Ben kif-kif ! Elle s'est octroyée Coquette sans même me réveiller ! *Je la la sensentai toute rairaide concontre mon genou* qu'elle me dit. *Elle étaitait tellemennent fière et bébelle, avevec son casque huilé, J'ai pas pu rérésister.* Bon, cette fois-ci, j'lai bien chopée aux hanches, pas qu'elle me fasse le coup d'Trafalgar d'avant et allez, j'ai rattrapé l'p'loton. C'était pas trop mal cette fois-ci. Sauf qu'elle a voulu r'm'ettre ça à sept heures du mat. Moi, j'avais plus d'frissons. J'sentais plus rien. J'voulais en écraser. Heureusement qu'elle avait cours à neuf heures, sinon j'clamsais. Ça a duré comme ça quinze jours.

J'ai perdu sept kilos. Matin, après midi, pleine nuit, à pied, à ch'val, en voiture et même aux gogues, elle te sautait sur le paf à la moindre occase. La Claudette, fallait pas lui en promettre. J'avais les roubignoles comme des figues sèches et l'gland rouge comme un coqu'licot. Plus moyen de bequeter tranquillos ou de mater un naveton à la téloche. Elle était toujours sur la béquille. Un jour, y d'vait être cinq heures d'l'aprèm, j'me préparais pour aller jouer au foot avec les aminches. Ouais, en plus de la muscu', j'taquinais un peu la baballe histoire de soigner mon souffle. J'avais mis mon maillot et un short court. J'étais en train d'faire mes lacets quand ça a sonné. C'était encore la Claudette, qui après avoir passé trois heures sans m'éponger, v'nait réclamer son dû. J'lui ai dit que je devais y aller, qu'j'avais rembours avec des gonzes et qu'il allait manquer quelqu'un pour faire les équipes si j'les plantais. Elle en n'avait rien à péter. Elle me chope mon short et m'le baisse d'un coup. Puis elle s'attaque à mon slob. J'ai r'poussé sa tronche, remis mon bén' et j'me suis cassé en courant. *Désolé j'suis en r'tard* j'lui ai crié dans l'couloir. J'en pouvais plus. D'aller courir derrière un ballon comme un con, ça pouvait que m'reposer. Elle a été *fair-play*, Claudette. Quand j'suis revenu, elle était barrée, en r'fermant bien la lourde derrière elle. Elle est juste jamais revenue. De mon côté, j'peux vous assurer qu'j'ai réprimé mes envies quand envies il y a eu. Bien après.

Inutile de préciser que l'histoire de Gros Fred avait mis une certaine effervescence dans le landerneau. Les filles étaient parties aux toilettes refaire leur rimmel qui avait coulé. Jacky et « Tête-de-Rivet » se tenaient les côtes et Antoine s'était assis pour tenter de réprimer le fou rire qui l'avait envahi.

— Ha mon pauvre Gros, il t'en arrive quand même de sacrées, dit-il les épaules encore traversées de secousses.

— Ben j'peux t'dire que sur le coup, j'rigolais pas tous les jours. Mais avec un peu d'recul, ça peut paraître cocasse, j'admets.

— Et la Fouise, t'en as d'aussi croustillantes avec elle ?

— Non. Et même si j'en avais, j'te l'dirais pas. J'ai pas envie qu'elle me tire la tronche pendant cent mille ans. Ben tiens, la voilà qui r'vient avec ta gerce. Ça va mon Trésor ?

—Oui, à part que j'ai bien failli encore me faire pipi dessus. Et Sarah aussi. Tu ne m'avais pas raconté cette Claudette dis donc.
—Ha bon ? Tu crois ? Bah, c'est pas très important.
—Et vous, comment vous êtes-vous rencontrés ? intervint Jacky.
—Ha nous, c'était comme une évidence, répondit Françoise. C'était il y a trois ans. J'étais au restaurant avec mon ex et Fred était à la table d'à côté. Il m'a souri, poliment, sans arrière-pensée, je crois. Mon ex, qui était aussi jaloux que violent m'a giflée. C'était la énième fois… Et la dernière. Fred s'est levé calmement, l'a pris par le col de sa chemise et l'a trainé dehors. J'ai entendu deux chocs sourds et Fred est revenu tout seul. Il m'a demandé si je savais où aller. Mon ex vivait chez moi mais le bail était à mon nom. Fred m'a raccompagnée, a mis les affaires de l'autre dans des sacs poubelle et a tout déposé devant la porte. Je lui ai demandé de rester parce que j'avais peur. Il a accepté, nous avons bu un verre et il a passé la nuit sur le canapé. Le lendemain matin à sept heures, mon ex tambourinait à ma porte, et hurlait un mélange d'excuses et de menaces. Fred a

ouvert et lui a lancé *T'as pas encore compris, mon pote ?* L'autre est resté con. *Si si Monsieur, je m'en vais.* Et depuis, il me fiche la paix. J'ai demandé à Fred de rester encore un peu, au cas où il reviendrait. Inutile de vous dire qu'il n'a pas passé la seconde nuit sur le canapé. Sa gentillesse, sa douceur malgré ses manières rudes, son regard plein d'amour. J'ai craqué et depuis je ne le regrette pas un instant. C'est physique entre nous, on ne peut pas se passer l'un de l'autre trop longtemps, ou nous sommes malheureux. C'est l'amour, le vrai. Toi aussi, Sarah, c'est un peu ça avec Antoine.

— Effectivement. C'est une grosse boule d'amour, mon homme. Mon ancien mari n'était pas tendre avec moi. Il avait la baffe facile, aussi. Il a eu la bonne idée de me tromper puis de me quitter. J'ai rencontré Antoine lors d'une dégustation de vins. Il venait de divorcer. Nous nous sommes regardés et ça a été instantané. On a tout de suite vécu ensemble et depuis six ans les sentiments sont toujours les mêmes. Peut-être encore plus forts. Il y a quelque chose qui nous dépasse dans tout ça. Pourtant, Antoine, ce n'était pas mon style de mec

physiquement, moi j'aimais bien les très grands, et blonds…
— Aryen, quoi, se moqua Gros Fred.
— Arrête *Les Bronzés*, Gros, répondit Antoine. Ça fait déjà deux fois, avec ton cousin gendarme. Sérieusement, le physique c'est secondaire. Moi je dis qu'il y a beaucoup de chimie, voire d'alchimie dans le vrai amour. Peut-être aussi un peu de sapiosexualité. On s'apporte beaucoup dans ce qu'on se dit, quoi. Mais les odeurs, le contact des peaux, le fait d'avoir toujours envie de la présence de l'autre, d'être comme rassurés quand on est ensemble, ça relève bien de la chimie, non ?
— T'as pas tort, dit gros Fred. Moi j'adore l'odeur de Françoise, j'suis toujours en train d'la papouiller, d'la goûter, d'la sentir. J'peux pas m'en passer, c'est comme une drogue.
— J'espère que tu lui renifles pas le derche et que tu pisses pas autour du lit pour délimiter ton territoire. Desproges a essayé avec Adjani, ça n'a pas marché.
— Ha t'es con Antoine, on peut jamais être sérieux plus de dix minutes avec toi. Tu peux bien te foutre de la gueule de mes références, tu vaux pas mieux.

— T'énerve pas, Gros, on est déjà d'accord sur le phénomène. Et toi Jacky, t'as quelqu'un ?

— Moi ça fait trente-cinq ans que je suis avec ma petite femme. Et c'est toujours le pied. J'ai jamais bougé une oreille. Je crois que ce que vous dites, je l'ai trouvé tout de suite. De la pure alchimie, oui. On est bien quoi, intellectuellement, physiquement …

— Tu as de la chance, dit Sarah, nous on a tous attendus la quarantaine pour trouver. Je pensais même que c'était un mythe, le vrai amour.

— Maintenant on sait que ça existe, mon âme, ma vie. Faut jamais se résoudre, répliqua Antoine.

— Non mais r'garde les tous les deux, qui tombent dans la guimauve comme des chérubins. Mouarf, vont bientôt nous pondre un chiard qui s'appellera *Harlequin* si ça continue.

— Soit pas lourd, Fred, coupa Françoise. Tu sais bien que tu es pire qu'eux.

— Moi j'me montre pas en public, j'suis discret.

— Discret comme un pot de chambre, ajouta Antoine.

Jacky, hilare, s'adressa à « Tête-de-Rivet » :

— Et toi, les amours ?

—Bah, moi j'ai personne. J'ai eu pas mal d'aventures mais je ne me suis pas encore casé.
—Même pas une petite nana en vue ?
—En fait, je suis de ceux qui ont tendance à prendre Cupidon à l'envers. C'est joliment dit, on dirait du Brassens, sourit Jacky.
—C'en est, précisa Antoine.
—Ouais, notre pote, il est d'la jaquette flottante, ça t'dérange pas j'espère, dit Gros Fred.
—Chacun fait ce qu'il veut de sa vie et de son cul, lança Jacky. C'est la seule chose qui nous appartient encore un peu. Et encore, un jour on nous obligera à le léguer à la science pour des greffes aux constipés.

« Nez-d'bœuf », Pierrot, Francine

Deux heures sonnèrent furieusement au clocher situé à deux pas de la cave. La nuit était maintenant épaisse comme une intégrale des *Rougon-Macquart*.

La pluie avait cessé, et des relents équatoriaux remontaient du sol. À l'intérieur, nos amis venaient de vider un magnum de *Syrare*. Leurs chants devenaient pâteux, la guitare ayant pris la suite des présentations. Seules les filles restaient discrètes, relativement sobres en comparaison des soudards qui hurlaient des chansons françaises en riant. Les paupières de Gros Fred ressemblaient à celles d'un crapaud au ras de l'eau pendant la saison des amours. Jacky peinait à porter sa tête qui dodelinait, semblable à celle d'un Guignol en spectacle avec un sourire qui lui coupait le visage en deux. « Tête-de-Rivet » avait le front qui brillait comme jamais, tant il se le frottait avec persévérance à mesure que les grammes faisaient leur effet. Quant à Antoine, il s'affairait sur son instrument en beuglant plus fort que tous les autres réunis. À la fin de *Dès que le vent soufflera*, on entendit Sarah qui demandait : *Et si on sortait faire un tour ?*

— Bonne idée, répondit Jacky. Ça fera du bien de prendre l'air.

— Mais on est en couvre-feu, les gars, lança « Tête-de-Rivet ». Si on se fait choper, c'est cent trente balles d'amendes et de gros emmerdes pour moi.

— Fais pas iéch, Dugland. T'as qu'à rester là si t'as les foies, nous on va s'balader, pas vrai amour ?, gouailla Gros Fred.

— Ho oui, répondit Françoise. On va respirer un peu, et puis on ne risque pas de contaminer quelqu'un, les rues sont désertes.

— C'est parti !, conclut Antoine.

Les compères sortirent discrètement. « Tête-de-Rivet » n'insista pas et suivit le groupe. Comme pour les accompagner, la lune fit son apparition, un demi-disque de lumière éclairant leurs déambulations. Les six amis défilèrent dans la rue en file indienne, et se rendirent au bord de la place qui jouxtait l'église. Ils accédèrent à un parapet qui donnait sur une vue dont les habitués ne se lassaient pas. Surplombant la Saône d'une centaine de mètres, on apercevait sur la gauche les Monts d'Or, superbes de verdure, avec, à leur sommet, cette boule de béton qui semblait métallique sous la lune. Elle protégeait la zone d'hypothétiques raids aériens. En face, après la plaine fertile, les Monts du Lyonnais et ceux du Beaujolais se rejoignaient en de douces collines, offrant sous cette lumière tamisée l'illusion d'un fin corps féminin allongé sur le côté. En contrebas du belvédère, la Saône se tordait en douces circonvolutions et l'on apercevait de-ci de-là des courants contraires qui se télescopaient en de minuscules, mais si dangereux, tourbillons. Cette Saône que tous adoraient. Leur Saône. Si libre, si peu canalisée, que les crues faisaient s'épancher dans les champs environnants. Sa sauvagerie respectée la rendait rarement agressive, et si elle noyait parfois quelques villages, c'est que des éléments extérieurs extrêmes l'avaient frappée de leur fureur.

— Qu'est-ce-que c'est chouette, murmura Jacky.

Un silence approbateur lui répondit.

— C'est ça la liberté ! Regardez-moi ça, comme elle volte entre les obstacles. Une vraie escrimeuse que rien n'arrête. Elle a bien compris que pour avancer, on n'emprunte pas forcément le plus droit chemin. Et vas-y que j'entoure un îlot, que je contourne un

champ trop haut, que je me divise en deux lorsque le lit est trop étroit. Elle ne va pas tête baissée. Elle pense, elle crée son propre paysage, son histoire personnelle. Une vraie artiste. Libre, ajouta Antoine.
—J'aimerais bien être une rivière, continua Sarah. Même sous le déluge, elle se fiche de la pandémie. Jamais de masque pour elle, pas de confinement, la vie continue, sans peur, sans reproche. Libre, tu as raison.
—Hé ho, tu vas pas te laisser choper par le bourdon, coupa Gros Fred. Moi un masque, ça m'a jamais fait fermer ma gueule.
—On s'demande bien ce qui pourrait, plaisanta Antoine.
—La tienne avant la mienne, rétorqua finement Gros Fred. Non mais c'est vrai, quoi, les français gueulent. Le monde entier gueule pour un masque. Les mecs se font enfler d'puis des siècles, jour après jour, mais y gueulent pour un morceau d'tissus sur l'clapet. Ils sont gouvernés par des glands qui pensent qu'à les presser comme des citrons et leur sucrer le peu qu'ils ont. Même quand y a une révolution, les glands reviennent aussi vite qu'ils ont calté. Pas la peine de

couper des têtes, t'en a quinze qui r'poussent, c'est comme une hydre increvable, le pouvoir. Donc on finit par tout accepter, comme des cons : la fin du service public, l'agonie d'la sécu', la mort des r'traites, la hausse de la TVA et *tutti quanti.* Et pis paf … Un masque et tout l'monde gueule que c'est une atteinte à la liberté d'expression. Bon. Tu positives. Tu t'dis qu'y au moins quelque chose qui rassemble du monde. Un embryon d'idée, de contestation. Et là, arrive le vaccin et le pass sanitaire. Et tout le monde commence à s'engueuler : qu'y a pas assez d'recul, que c'est encore la liberté qui r'cule, qu'on nourrit l'grand capital et « Big Pharma ». Que ceux qui sont pour sont des lavedus, ceux qui sont contre des gros cons et voilà. Les français parlent aux français. Pour s'engueuler. Z'ont pas fini d'régner, les régnants. Même plus besoin de monter les gens les uns contre les autres, ça s'fait tout seul. T'avais les « essstrangers » qui piquaient ton boulot, les assistés qui vivaient sur le dos des prolos, les fonctionnaires privilégiés, les retraités inutiles, les jeunes cons, les vieux cons et j'en passe des foucades. Là c'est l'vaccin. Mais les gonzes savent pas parler sans brailler, s'expliquer et dialoguer. On n'est pas toujours obligé d'être d'accord, merde ! J'vois ma connasse de voisine, d'habitude elle est sympa, enfin elle avait l'air. J'la croise pas plus tard qu'hier sur le palier. On s'salue, on discutaille deux broquilles, et j'lui dis, innocemment, qu'j'allais faire ma dose. Une seule car j'avais déjà chopé l'COVID. Vingt dieux ce soufflé qu'elle m'a monté. Comme quoi j'm'étais laissé bourrer l'caberlot, qu'j'étais un esclave de l'industrie du vaccin, un soumis sans burnes. Qu'elle, elle s'laisserait pas avoir, qu'ça allait tous nous rendre zombies, qu'on l'était déjà d'ailleurs. Moi, gentil, j'essaie d'la raisonner, j'lui dit que j'respecte son avis, qu'perso j'ai rien contre les vaccins, mais tout contre l'obligation, mais qu'c'est pas pour ça que j'vais pas m'faire vacciner. Qu'c'est pas une raison pour s'engueuler et qu'on est tous dans la même panade. Elle me r'garde comme quelqu'un qui materait un gros sac à merde, en levant la tête comme une autruche qui se s'rait fait enfiler par une girafe. Moi j'attends la suite, presque en garde. Et là, y 'a son mouflet qui sort et qui lui dit « On y va tout d'suite au *Mac Do*, Maman ? » et l'autre qui répond

« Non faut d'abord que je passe acheter mes cigarettes ». Ho putain d'elle ! J'lui ai éclaté d'rire à la gueule et j'me suis tiré. Elle a beuglé dans l'escalier « Je suis libre de faire ce que je veux et je t'emmerde ». J'y ai juste répondu « C'est vrai qu'on a du recul, au moins, pour les effets secondaires du *Mac Do* et d'la clope, et qu'ce sont des petites entreprises artisanales ». J'suis sorti d'l'immeuble, j'l'entendais encore gueuler d'dehors. Va y avoir d'l'ambiance dans les jours à venir, à notre étage. Pourtant j'te jure, j'y aurais rien dit si elle m'avait raconté qu'elle souhaitait pas s'faire piquer, j'y aurais p't'être juste suggéré qu'elle aille pas saturer les hostos si elle tombait malade. Juste pour l'emmerder parce que j'suis pour qu'tout l'monde continue à avoir accès aux soins, bien-sûr. Mais j'me répète, on peut pas discuter tranquillos si on n'est pas du même avis. Pourtant, on y arrive, avec Antoine. On n'est pas toujours d'accord, on s'charrie, mais ça nous empêche pas d'débattre, pas vrai mon pote ?

— Ça m'troue l'cul de t'le dire, mon Fred, mais des fois t'es la sagesse incarnée.

Le groupe avait continué son chemin en écoutant les arguments de Gros Fred. Il approchait maintenant de l'église du village, de style néo-romand avec sa magnifique crypte haute, qui semblait toucher les étoiles peu à peu dévoilées.

— Elle est grande cette église pour un si petit bled, lança Jacky.
— Il n'y a pas de prix pour la ferveur religieuse, répondit Antoine. Il paraît même que certains de ses concepteurs ont participé à l'édification de la basilique de Fourvière.
— Tu t'rappelles, grand ?, coupa Gros Fred. Y'avait des goguemuches là, juste entre l'église et la mairie, avant. C'était vachement pratique quand tu voulais t'esbigner entre le mariage civil et le religieux. On prétextait une envie subite, on attendait que tout l'monde soit passé, et hop, on s'tirait au troquet en guettant les cloches de fin de cérémonie. On se ramenait pile à la sortie comme si on avait assisté au spectacle. T'avais juste à cracher un peu au bassinet et ça passait. Y avait aussi l'père Dominique, toujours avec la même boite à violon. Un sacré calotin, tu t'en souviens de celui-là ? Y a à peu près trente baloches,

il allait s'faire tutoyer le flutiau par ses conquêtes dans ces cagoinces. Toujours majeures, c'était son leitmotiv. Un grand visionnaire. Les enfants d'chœur allaient tout d'même se palucher en se rinçant l'œil par le fenestron derrière. L'était bien brave ce curé. Il engueulait jamais les gones quand ils piquaient les hosties pour les claper. Y cherchait jamais à t'embrigader, juste il souhaitait qu'on se conduise pas plus mal que si on avait la foi. Il allait picoler avec ses brebis après la messe, histoire de souder l'troupeau pour la semaine. Il s'est fait muter, le pauvre bougre, parce que les vieilles grenouilles de bénitier on fait remonter des saloperies à l'évêché, comme quoi c'était un ivrogne à l'attitude inqualifiable. Leur aurait fallu un Don Camillo à ces connes.

— Oui je m'en souviens bien du Père Dominique, Gros. C'était une figure du village. À la place, ils ont mis un vrai rat d'égout, un vrai vicelard qui ressemblait à la sorcière d'Hansel et Gretel. Je sais pas jusqu'où il serait allé pour te convertir. Mais il était un peu trop gentil avec ses enfants de chœur, et un jour il a pris une raclée dans le jardin du presbytère. Il a demandé sa mutation de lui-même. Depuis, j'ai plus suivi, le sujet n'étant pas des plus stimulants.

— T'as raison, Antoine, depuis que le Père Dominique est calté, c'est pas intéressant.

— Tout de même, poursuivit « Tête-de-Rivet », ils font pas mal d'actions de charité.

— La Charité, c'est l'aumône, l'inégalité consacrée par la bonté, t'aurais répondu Zola, répliqua Antoine.

— Pas mieux, conclut Gros Fred.

Nos amis poursuivirent leur marche dans les ruelles du village. Après quelques minutes de promenade, une silhouette apparut à cent mètres, qui venait à leur rencontre.

— Vingt-deux, chuchota « Tête-de-Rivet », c'est « Nez-d'bœuf ». Caltez !

« Nez-d'bœuf » était le bourre le plus con du patelin et c'était aussi le chef de la petite brigade municipale. Sa face plate comme un filet de sole laissait ressortir uniquement son nez, tel un sommet célèbre de l'île de la Réunion. Mais ce n'était pas Cyrano. De petits yeux porcins agrémentaient son visage d'une expression de non-intelligence rare, tandis que sa bouche très fine donnait un sentiment de mal être à tout interlocuteur, tant on sentait l'hypocrisie et le vice sur ces lèvres absentes. Sa calvitie bien avancée et ses grosses rouflaquettes auraient pu arranger un peu les choses. Mais non ! L'individu n'inspirait définitivement pas confiance. Une brutalité se dégageait de cet être charpenté, autant psychique que physique. Ancien militaire, retraité à quarante-sept ans, il avait repris du service dans cette petite commune, au grand désespoir de son équipe, qui cultivait plutôt la tranquillité et la bienveillance au sein de cette population paisible.

À son arrivée, il avait bien repris les choses en main, entre sourires faux-culs, amendes, répression des plus jeunes et brimades sur ses propres subordonnés. Par ses réflexions homophobes et son racisme soit disant bon enfant, « Tête-de-Rivet » en bavait beaucoup depuis son arrivée. Son réflexe pour protéger ses amis en avait été d'autant plus spontané.

Antoine, qui marchait devant avec Jacky, avait saisi son nouvel ami par le bras. Ils coururent dans une petite ruelle qui descendait abruptement sur la gauche. Antoine s'arrêta devant un hall, tapa le code et rentra avec Jacky. C'était un immeuble de deux étages. Au deuxième vivait le cousin d'Antoine, que celui-ci visitait fréquemment.

Sarah et Françoise qui avançaient bras dessus, bras dessous trente mètres à l'arrière, en compagnie de « Tête-de-Rivet », firent demi-tour en courant et se réfugièrent à la cave. Elles ne croiserent pas Gros Fred qui, la tête dans les étoiles après son laïus, se baguenaudait pourtant vingt mètre derrière elles quelques secondes avant l'alerte. Ne restèrent dans la rue que « Tête-de-Rivet » et « Nez-d'bœuf » qui se rapprochèrent doucement l'un de l'autre, comme pétris de méfiance.

— Ha c'est toi, Noirpiot, lança la brute. Qu'est-ce que tu fous ici avec tous ces contrevenants ? Toi aussi, tu fais du contre-carre au couvre-feu ? Tu t'crois à la quille ? C'était qui d'abord, ces individus ?

— C'était personne chef, des gens qui se promenaient. J'ai entendu du bruit dans la rue de chez moi et je suis descendu remettre de l'ordre.

— Et les verbalisations, elles sont où ? Tu me prends pour un bleu ? T'as même pas mis un masque pour les interpeler et je t'ai entendu leur parler comme pour les avertir. C'était pas des ordres que tu leur lançais, vu le ton.

—Mais non, chef, je suis descendu en vitesse et j'ai oublié mon masque, mais je leur ai fait la leçon, je ne pense pas qu'ils recommencent à se promener la nuit avant la fin du couvre-feu.

—Non mais tu m'prends vraiment pour un aspirant. Vous êtes bien tous pareils, j'm'en-foutistes, les *blacks* et compagnie. C'était pareil au régiment, on pouvait pas compter sur vous. Toujours à demander du respect mais jamais capables d'en inspirer. Je les ai bien vus se barrer comme des voleurs, tes gars. S'ils avaient eu l'esprit tranquille après ta soi-disant leçon, ils m'auraient attendu. Et moi j'les aurais pas loupés, crois-moi.

—Chef, comment avoir envie d'inspirer du respect à une personne telle que vous ?

—Essaye pas de m'embrouiller avec ta philosophie de gonzesse. Dis-moi qui sont ces gens où j'te jure que j'te fous au trou, p'tit pédé.

« Tête-de-Rivet » montait en mayonnaise, progressivement. Le vin avait quelque peu altéré ses inhibitions et il sentit une barre lui glacer le dos.

—Parle-moi encore comme ça, grand con, et tu vas voir si un petit-fils de tirailleur sénégalais ne peut pas te mettre la misère. On pouvait pas compter sur eux non plus, abruti ?

« Nez-d'bœuf » sentit que la situation lui échappait et que son autorité était durement mise en cause. Pire, une certaine peur s'installa en lui. « On ne savait jamais de quoi étaient capables ces « races mélangées ». Il tourna la tête à droite et à gauche à la recherche d'éventuels témoins gênants, puis rassuré sur ce point, se radoucit :

— Écoute mon gars, je te cherche pas de poux, je dis pas qu'il n'y a pas de héros dans vos rangs, je veux juste faire respecter la loi. Alors je compte sur toi pour m'aider, parce que c'est notre honneur et notre vocation qui sont en jeu. Dis-moi qui c'était, et j'oublie tout, jusqu'à notre rencontre même. Ce qui m'intéresse, c'est le travail bien accompli et faire respecter le même ordre pour tout le monde. Après tu pourras aller faire banette et tout sera comme avant.

Ce furent les grands principes d'égalité devant la loi, énoncés par « Nez-d'bœuf » qui donnèrent à « Tête-de-Rivet » l'idée de génie :

— Puisque vous insistez, ce sont des copains au maire. Je crois même qu'il y a un député dans le tas. Je suis descendu pour leur dire de rentrer chez eux, mais ils m'ont dit qu'ils se promenaient *incognito* et que je devais me taire si je tenais à ma carrière. Qu'ils n'avaient qu'à dire un mot au maire pour que je sois muté, voire viré. Mais en cherchant bien, peut-être que vous les croiserez de nouveau.

« Nez-d'bœuf » pâlit soudainement :

— Heu, non non, ce n'sera pas nécessaire. Tu as bien fait camarade. Je vais rentrer chez moi.

— Mais chef, vos principes ? Il faut les verbaliser, vous avez raison.

— Les lois sont les mêmes pour tout le monde, mais on peut bien faire une petite exception pour ceux qui les inventent, non ? Moi, j'étais qu'un petit lieut' dans l'armée, j'ai pas les moyens de batailler avec des députés. Allez bonne nuit, bricard, et un conseil, rompez !

« Tête-de-Rivet » regarda avec un amusement teinté de dégoût, le gaillard repartir abasourdi, comme ivre, des oursins sous les bras. D'une démarche rapide et incertaine, le héros déchu s'éloigna dans la nuit vers ses pénates, pitoyable et pathétique.

Pendant ce temps, Jacky et Antoine s'étaient assis sur les marches de l'escalier qui menait au premier étage du petit immeuble.

—J'espère qu'ils s'en sont sortis, dit Jacky.
—Bah, Sarah et Françoise ont dû rejoindre la cave avec Gros Fred et « Tête-de-Rivet » sait gérer avec « Nez-d'bœuf ». J'me fais pas trop d'soucis, il est malin, le bougre.
—Moi, ton Gros Fred me fait halluciner, répondit Jacky. Bon ok, il en raconte des conneries, mais il a aussi un sacré bon sens. Et son vocabulaire. Ça lui vient d'où tout ce charabia ? Le pire c'est qu'on comprend pratiquement tout, comme si c'était en nous, tous ces mots.
—Mais c'est en nous mon pote ! C'est notre culture ancestrale, à la fois ancienne et moderne, désuète et futuriste. C'est tout ce qui fait son charme, d'ailleurs. Je le charrie souvent sur son intellect et il joue le jeu mais Gros Fred est en fait une grosse tête. C'est un dévoreur de livres et de mots. Ces références sont aussi éclectiques que son parler fleuri. Il y a du ch'ti, du catalan, du breton, du parigot, du lyonnais, du savoyard, du marseillais et tout notre beau pays dans

sa gouaille. C'est notre culture dans sa globalité, notre langage qui survit et revit, qui évolue. C'est la richesse de notre passé et celle de notre avenir. Il y a du Pantagruel de Rabelais, de « L'Assommoir » de Mimile et du langage moderne des cités. De l'Allais, du Fallet, du Cavanna. C'est la France, cette langue si riche. On peut pas laisser tomber ça. C'est cela aussi, la liberté. Lutter contre ce lissage des lettres, continuer Michel Audiard, Alphonse Boudard, Frédéric Dard … Tiens, tous des noms finissant en « Ard », c'est marrant, c'est de l'art. Il n'a peut-être pas leur talent, mais une petite bougie c'est déjà ça, pour que survive leur œuvre dans les mémoires. Gros Fred, c'est un cierge. Avec juste un peu plus de vocabulaire que la moyenne, il unifie la France, c'est son propre art. tu sais, il écrit surtout des poèmes, pas toujours très fins. Paillards, triviaux, ripailleurs, franchouillards dans le bon sens du terme, tellement emplis de sens et de musique.

— Maintenant que tu le dis, Antoine, c'est vrai que le personnage a quelque chose de poétique. On ressent réellement une culture sous-jacente chez lui. Mais c'est marrant, je t'aurais plus vu, toi, dans cet art de la poésie.

— Mais moi aussi, j'écris des délirades, des textes de chansons et puis des airs de gratte ; des choses pas sérieuses. L'important c'est de créer, pas d'être sérieux. Les apparences sont bien loin de la réalité ! On parlait de liberté toute à l'heure, la création, c'est la vraie liberté. Quand tu crées, quoi que ce soit, tu es à l'intérieur de toi-même, tu n'entends plus rien, ne penses plus à autre chose, tu es juste avec toi, complètement libre. Regarde la Saône, c'est elle qui a créé ses propres paysages. Partie de petits ruisseaux, elle a creusé son lit. Pourtant, la montagne devait être haute, la roche dure. Hé bien aujourd'hui, c'est une plaine que traverse une rivière. Et puis la rivière rejoint le fleuve Rhône, après Lyon, pour être sa maîtresse durant tout le voyage qui les mènera à la Méditerranée... Quoi de plus libre ? L'Art de la Nature, on pourra lui opposer toutes les digues que l'on veut, il les submergera pour continuer à exister, quand il le décidera. Nous aussi, on doit se laisser submerger par notre propre créativité. On n'est jamais l'esclave de son art, ou alors un esclave libidineux, une forme de sado-maso où l'orgasme n'est jamais loin. La lecture aussi est une forme d'art : On peut l'aborder sous différentes formes et elle nous libère d'un quotidien parfois sinistre en nous faisant voyager sans restriction. Toi, c'est ta grande passion si j'ai bien pigé.

—Je peux difficilement m'en passer et je vois bien ce que tu veux dire. C'est comme ce qu'on appelle le langage cryptique tel que le javanais, ou le verlan aussi. On parlait ces « argots » pour ne pas être compris des non-initiés. Les taulards les ont beaucoup utilisés. Si c'est pas une recherche certaine de liberté, ça.

—Une belle illustration, oui !

—Mais moi, mon vrai truc, c'était la peinture. J'ai beaucoup peint, voici quelques années. Et tu vois, tu me donnes envie de reprendre les pinceaux. J'avais arrêté, me trouvant nul, mais t'as raison. L'important c'est de se faire plaisir, pas de plaire. C'est ma propre introspection, et c'est bon de s'enfermer en soi, de se ressentir. Et puis moi aussi j'ai bien envie d'être une petite bougie.

—T'as bien fait d'venir, conclut Antoine.

À la cave, Sarah et Françoise devisaient tranquillement, assises autour du grand tonneau.

— On boirait pas un petit coup ?, dit Sarah en se levant pour aller chercher une bouteille dans un autre frigo, celui des rosés, qui se trouvait au fond du magasin. Ho ! du Parisy, c'est trop bon ça.

Sarah déboucha la bouteille tandis que Françoise, les joues rosies malgré le peu d'excès, répondait :

— On va être pleines comme un œuf à deux jaunes à ce rythme-là.

Elles éclatèrent de rire en trinquant.

— Mmmhhh, c'est bon, ajouta Françoise. J'ai jamais bu un rosé comme ça. C'est un Beaujolais ?

— Non, c'est le rosé de chez Rayas. Tu sais l'autre jour, on a bu un Côtes du Rhône du même producteur. Celui qui était à tomber par terre.

— Ha oui, j'ai cru que Fred allait me faire un malaise, tellement ses yeux roulaient et son front se plissait à chaque gorgée. Pour une fois qu'il aime un vin autre que le beaujolais. Il a même dit que c'était aussi bon que le Fleurie du Clos de la Roilette. Il faudrait lui faire goûter ce Parisy, ça le guérirait peut-être de son aversion pour le rosé.

— En parlant de Fred, je me demande où il peut être. Il nous suivait tout à l'heure et on ne l'a pas revu.

À cet instant, on frappa au volet.

— Quand on parle du loup, avança Françoise.

Mais non, c'était « Tête-de-Rivet », qui, parti à la recherche de ses amis, avait tenté la cave.

— Ha les filles, vous êtes là. Les autres ne sont pas revenus ?

— Non, dis Sarah. Et le plus étrange, c'est Fred ! Il était derrière nous quand tu as lancé l'alerte et il a littéralement disparu. Et toi, tu t'en es sorti avec l'autre bourrin ?

— Il était à deux doigts de m'embarquer, ce con. Et moi de lui taper dessus. Mais maintenant que vous êtes tous administrés du maire, voire députés, on n'est pas prêts de le revoir, pour cette nuit en tout cas.

— Administrés, députés ? Qu'est-ce-que c'est que cette histoire ?, demanda Françoise.

« Tête-de-Rivet » expliqua l'astuce qui lui avait permis de se sortir du mauvais pas où il se trouvait et Sarah secoua la tête de gauche à droite :

— Jamais vu un gars aussi imbu de sa personne et aussi veule à la fois. L'incorruptible compromis dans sa compromission. Quelle être écœurant. Quand je pense qu'il ne peut pas voir une femme passer sans la draguer lourdement, on se sent bien protégés, oui. Dommage que l'on ne soit pas toutes députées pour lui rabattre son caquet.

—Je sais, beaucoup m'en font régulièrement la remarque, mais elles n'osent pas venir déposer plainte évidemment, lança « Tête-de-Rivet ». Cela dit, votre meilleure vengeresse, c'est sa propre femme. Parce que si ses avances grossières ne lui procurent aucun succès, à « Nez-d'bœuf », sa légitime lui fait porter des cornes de premier ordre, style auroch. Je me demande encore comment il passe les portes. Même Fernand, le sous-chef, se l'est tapée dans les toilettes de la brigade, alors qu'il était au bureau. « Nez-d'bœuf » lui a fait remarquer qu'elle avait mis du temps à pisser, elle te l'a remballé en lui disant qu'elle allait pas lui rendre de compte sur ses mictions et qu'elle, au moins, n'urinait pas en pointillés. Devant tous les collègues. Il a baissé la tête sur ses dossiers, les mains tremblantes, et n'a plus rien dit. Bon, une fois que sa femme s'en est allée, c'est nous qui avons pâti de sa mauvaise humeur, mais ça valait le coup, croyez-moi.

Les filles rirent franchement à l'évocation de cette anecdote et Sarah proposa un verre de Parisy à « Tête-de-Rivet ».

— Non merci, je suis déjà garni, je voudrais bien finir la nuit debout. On va chercher les autres ?

— Allons-y !, répondirent les filles en le suivant dehors.

À ce moment précis, Antoine passait la tête par la porte de l'immeuble où il s'était réfugié avec Jacky. Il regarda de chaque côté, aussi loin qu'il puisse voir et lança à son compagnon :

— C'est bon, la voie est libre ! ».

Ils s'aventurèrent prudemment dans la rue, et remontèrent à pas feutrés la petite ruelle abrupte aux veilles marches usées et décalées que n'aurait pas reniée le casse-cou le plus téméraire.

La nuit se faisait sombre, des nuages épais ayant caché le croissant de lune. Nos amis, privés de lumière, marchaient lentement dans le centre du village, l'oreille et l'œil aux aguets. Le silence se faisait lourd, les rez-de-chaussée des immeubles qui jouxtaient la route n'étaient que magasins fermés, abandonnés, oubliés. Le quartier prenait des allures de village fantôme. Les lampadaires étaient éteints depuis vingt-trois heures et l'aurore était encore loin.

—C'est vraiment mort, chuchota Jacky. Quelle tristesse, toutes ces vitrines sans enseigne, ces volets rouillés. C'est sordide, désespéré. J'étais jamais venu dans ce coin. On a le même sentiment, de jour ?

—Ça dépend du temps, ironisa Antoine. Du temps qu'il fait et du temps qui passe. Quand il fait beau, ça reste un village magnifique, plein d'Histoire, de reliques médiévales. Les bâtiments sont restés intacts, car classés. En farfouillant, on se régale, des vieilles pierres, constructions anciennes, vestiges d'une autre époque. Quand il fait moche on passe rapidement, sans regarder. Et alors, oui, c'est laid et triste. Tu t'accroches juste aux enseignes des banques, des agences immobilières, des kebabs et des merlans. Comment tu veux faire vivre un petit village avec ça ? Parfois tu croises un bistrot, rare, juste de quoi respirer, mais sinon c'est la mort qui s'installe. Par le sommeil... Un vrai dortoir, c'est devenu. Avant que le temps passe, c'était une véritable galerie commerciale, ici. Un maraîcher, deux louchebems, deux traiteurs, trois boulangers, un pâtissier, un poissonnier, un fromager, deux épicemards, quatre bistrots-restaus, un tailleur, un photographe, des boutiques de pompes, des magasins de mode, des magasins du monde, beaucoup d'artisans, quelques artistes, et j'en oublie, mon pote, j'en oublie. Deux fois par semaine, t'avais un marché qui prenait toute la place et les deux rues principales. Des étalages jusque sur le bord de la route. C'était chouette, j'te jure. Et deux fois l'an, une foire. Célèbre dans toute la région. Elle te traversait le bled du nord au sud et d'est en ouest. Il n'y avait jamais assez de place. Les garageots venaient exposer leurs bagnoles, t'avais des maquignons qui ramenaient tout leur cheptel, les gosses s'éclataient, couraient dans tous les sens, de la pêche à la ligne aux stands de crêpes, en passant par la distribution de cadeaux du « Progrès ». Un animateur beuglait dans un micro pourri et tout le monde se marrait. C'était tout ça, notre village, vivant, joyeux, des gens cons, comme partout, mais joyeux. Et puis, ils ont piétonnisé le grand centre et en même temps installé une grande surface à deux kilomètres. Tu vois les vases communicants ? Accès réglementé, circulation merdique, stationnement impossible. Le peuple qui venait de l'extérieur, c'est-à-dire la majorité des clients, s'est déporté vers le beau centre commercial en préfabriqué tout neuf, climatisé, avec un grand parking. En quinze ans c'était plié. Il reste ce que tu vois. Depuis dix ans, des dizaines de boutiques ont tenté leur chance, boutiques involontairement éphémères. Rien de plus mauvais signe que des magasins qui ouvrent et qui ferment sans arrêt pour un centre village. Et qu'ils ne viennent pas me dire que les grandes surfaces créent des emplois. Les cinquante commerces qu'ils ont détruits en pourvoyaient bien plus. Combien de petits bleds sinistrés comme celui-ci dans notre beau pays ? J'en connais bien d'autres, dans toutes les régions. Mais les élus ne semblent pas se poser de questions. Nos centres historiques se fanent à l'ombre des cités dortoirs qui les entourent et qui vont consommer à outrance dans les grands centres commerciaux. Fin de l'histoire, c'est ça métro, boulot, dodo. Plus de temps ni d'envie pour aller musarder, créer du lien social, s'assoir sur un banc « cinq minutes avec toi » et regarder passer la Saône.

—Si je ne voyais pas ce que je vois, je dirais que tu noircis un peu le tableau... Mais faut bien se rendre à l'évidence ! » réagit Jacky.

Antoine reprit :

—Oh, il y a bien quelques grognards encore, d'irréductibles gaulois comme dirait l'autre, qui se baladent, battent la campagne, squattent les terrasses des bistrots, mais l'âge aidant, ils sont de moins en moins nombreux et aucune génération suivante ne les remplacera. Trop individualistes, trop dans leur monde. Les cages à lapins qu'on a commencé à construire dans l'après-guerre prennent tout leur sens à présent. Tout confort, avec wifi, et ça suffit. L'homme devient un lapin. Un lapin avec un téléphone. Et encore, il baise moins ou alors par contumace.

Soudain, une silhouette se détachant d'un porche surgit devant les deux compères, les faisant sursauter.

—Nez d'bœuf ?, murmura Jacky.

—Qu'est-ce qu'il m'insulte, ce drôle ?, répondit l'arrivant.

—Mais non, c'est Pierrot !, lança Antoine. Une figure du village et un vieux copain. Te fâche pas mon Pierrot, j'te présente Jacky. Il connaît personne ici et comme on a failli se faire choper par l'autre pourri toute à l'heure, il flippe.

Pierrot dit Loustic, dit l'Elastique, dit l'Arsouille, dit l'Anguille, dit l'Astec, dit Totoche, était un octogénaire des plus vigoureux. Son espièglerie, associée à sa maigreur et à son énergie débordante, lui avait valu ces nombreux surnoms qui le qualifiaient à merveille. Il était grand, taillé comme un clou, mais plus fort qu'un haltérophile dopé. Il se dandinait sur ses jambes maigres, les épaules toujours en mouvement, comme désarticulées. Il était arrivé de sa Charente natale voilà vingt-cinq ans. Il avait rencontré sa femme chez les « culs salés, au milieu des baignassouts » comme il aimait le dire, durant la période estivale, en allant se baigner sur la grande plage de Châtelaillon. Ce n'était pas une « Pays » mais elle était restée pour lui et ils avaient longtemps habité le village de Chalais, avant qu'elle n'ait envie de se rapprocher de son frère et de sa sœur qui vivaient dans le Rhône. Jeune retraité, il avait accepté le déracinement et ils étaient venus s'installer ici, dans ce petit bourg, juste en face des collines boisées du Beaujolais, qui lui rappelaient un peu son pays. Souvent, il venait les regarder du parapet et sans s'assoir il avait l'impression de voyager, là-bas.

De ses yeux bleu-mer, Pierrot fixa Jacky. Son regard était chaleureux et l'on sentait la bonté dans tout le bonhomme.

— Qu'est-ce que vous faîtes là, « Asteur », les drôles ? » lança-t-il, jovial.
— Ben comme toi, je suppose, mon pote. On prend l'air, Répondit Antoine.
— Ol'est ben vrè qu'après l'bouillard qu'est tombé, ça fait du bien, la fraîche. Et tu dis qu'l'autre gougnafier est dans l'secteur ?
— En tout cas, il l'était y a pas longtemps, mon Pierrot, c'est pour ça qu'on fait gaffe.
— V'z'avez intérêt avec ce vilain Nâtre. Vaut mieux pas rester là. Vous voulez v'nir chez moi, j'vous paye un cougnat ?
— Et pourquoi pas ? Tu viens Jacky ? Pierrot nous offre le cognac !

Jacky regarda Antoine d'un air incrédule :

—Autant je comprenais Fred, autant là je ne pige rien. Il nous invite à boire un coup ?

—Hé oui mon Jacky, il a encore de beaux restes en patois charentais, le Pierrot, et le patois charentais, c'est plus rare. Nous, on a l'habitude avec lui, c'est pas la première fois qu'on prend l'apéro, ou le digeo, ensemble.

—Arrêtez d'couniller, j'ai pas envie d'croiser l'aut' Grignou ! Arrivez donc.

Et Pierrot, suivi d'Antoine et Jacky, rejoignit un vieil immeuble à quelques mètres de là.

—Deux s'condes, les drôles, j'avions barré la porte, dit Pierrot en sortant ses clés.

Ils entrèrent dans une grande pièce, éclairée par une lumière feutrée, une pièce sombre et chaleureuse, décorée avec goût. Vers la fenêtre était un ancien coffre en bois, dont le couvercle avait été dévissé et qui contenait des plantes en jardinières. Une vieille échelle, en bois elle aussi, était posée contre le mur du fond, atteignant presque le plafond, très haut. Sur les marches, des pots de fleurs étaient attachés, et ces fleurs retombaient en gerbes multicolores. Une bibliothèque bien garnie, un canapé et une table basse achevaient de parer la pièce.

— Asseyez-vous sans faire de bruit, murmura Pierrot, La Francine dort encore.

— Et toi, tu t'reposes jamais ? demanda Antoine.

— Hou, moi, j'me lève vers quatre heures du matin, avant les « Boueux », mais j'me fais une bonne marienne l'après-midi. Bon, attendez, j'va chercher l'cougnat ! Avec un p'tit bocal de cagouilles de chez moi, ça vous dit ?

— Ha ça, c'est des escargots, dit Jacky, j'ai déjà entendu.

— Il a oublié d'et'sot, répondit Pierrot dans un sourire en se rendant vers la cuisine, d'où il revint quelques minutes plus tard avec deux bocaux, une miche de pain et un flacon de cognac des Frères Painturaud. Allez-y, tapez d'dans, y a un coutia, là, si vous avez b'soin. Moi j'vous sers l'cougnat.

Antoine et Jacky s'aperçurent alors qu'ils avaient faim, un soudain besoin d'éponger. Ils liquidèrent rapidement les denrées et trinquèrent au cognac.

— C'est du bon, celui-là, fit remarquer Jacky.

— Oh oui, là je pisse dans la braise, ajouta Antoine.

—T'as une fine goule, toué, rigola Pierrot. Vous voilà bien benaises. Et t'es pas avec ta jolie Sarah, Antoine ?

—Si, mais elle a dû se rabattre sur la cave quand on a croisé « Nez-d'bœuf ». Elle était avec Gros Fred, Françoise et « Tête-de-Rivet ». On remontait dans la direction, voir si on les croisait.

—Pourquoi qu'tu l'appelles pas ?

—J'ai laissé mon téléphone à la cave. Dès que je peux me passer de cette saloperie, tu sais bien.

—Moi, j'ai le mien si tu veux, coupa Jacky.

Antoine accepta la proposition et appela Sarah. Elle se trouvait à deux pas et accepta de venir les rejoindre.

—Gratte à la lourde, ajouta Antoine, la Francine pionce.

Cinq minutes plus tard, l'ongle de Sarah frottait la porte. On la fit entrer, elle était accompagnée de Françoise et de « Tête-de-Rivet », mais pas de Gros Fred.

—Où c'est qu'il peut bien être ce gros tas, maugréa Antoine. J'espère qu'il n'est pas tombé dans un traquenard, cet affreux. Ou alors sur « Nez-d'bœuf ».

—Oublie « Nez-d'bœuf », répondit « Tête-de-Rivet », il est out. Je t'expliquerai.

— La dernière fois que je l'ai attendu, ce grand cake, on avait rencard à Ars, pour aller acheter des patates chez le maraîcher. Il n'est jamais arrivé. Il s'était arrêté boire un coup au bistrot restaurant du village et il est tombé sur un gros cureton qui faisait découvrir le pays à un jeune abbé japonais en visite, maigre comme un coucou. Il voulait lui faire goûter tous les apéritifs que l'ont trouve en Europe, disponibles au bar : Pastis, Porto, Cinzano, Suze, Pineau, Kir et j'en passe. Vous pensez bien que Gros Fred n'a pas tenu longtemps. Malgré son aversion pour les cul-bénits, il s'est mêlé à la conversation, et après les avoir accompagnés pour les boissons apéritives, ils se sont tous les trois lancés dans un gueuleton : six entrées, six plats et six desserts. Ils ont pris pratiquement toute la carte, pour « faire goûter au japonais ». Tout cela arrosé bien sûr de six boutanches de beaujolais, mais ils ont aussi voulu faire découvrir le mâconnais et un peu de bordelais. Le taulier a fait son chiffre de la semaine avec eux, et leur a payé la goutte, le cognac et un armagnac. D'après Gros Fred, en sortant, c'était le petit radis noir asiatique qui marchait le plus droit. J'suis pas sûr que ce soit lui qui ait le plus « goûté ». Le curé mastoc claudiquait derrière en se tenant le bide, oscillant entre le rouge et le vert comme un feu de croisement, à deux doigts de rendre ses tripes à Dieu. Fred les a laissé partir dans la basilique. Il était tellement pinté qu'il a enlevé sa veste et s'est avachi sur un banc devant la porte du bâtiment. Il s'est réveillé cinq heures plus tard avec soixante-deux euros sur sa veste en pièces de un et de deux. S'il a croisé des gus de cet acabit cette nuit, il est peut-être encore en train de quêter à sa façon dans un coin.

Durant le récit d'Antoine, Pierrot avait sorti d'autres bocaux et servi le cognac et chacun mangeait et buvait en riant, malgré l'inquiétude qui montait peu à peu. Il était maintenant six heures du matin et l'aurore s'annonçait doucement. Quelques perles de lumières s'affichaient aux murs, en face de la fenêtre.

Francine s'annonça alors, par la porte de la cuisine.

— Salut les gones, déjà debout ou pas encore couchés ?

Tous saluèrent l'agréable femme. Pour dormir cette nuit, c'était fichu.

— Et Fred, il n'est pas avec toi, Françoise ?

On lui raconta alors l'histoire et elle prit le parti de rassurer tout le monde.

—Bah, c'est un grand débrouillard, il se sera caché quelque part et doit être à votre recherche à l'heure qu'il est. Il ne sait pas que vous êtes ici ? Il n'a pas un téléphone ?

—Fred, c'est le seul infirmier de France à ne pas vouloir de mobile, se désola Françoise.

—Pas la peine de Tartasser, dit Pierrot. Il a pas besoin d'ces salop'ries et il est point perdu, va.

En disant cela un peu fort, son râtelier du bas se décrocha et l'on vit apparaître ces incisives en dehors de sa bouche. Tout le monde éclata de rire, sauf Francine navrée. Pierrot, penaud, mais ravi de son effet en dedans, la regarda :

—Mardoux, fais pas c'te tête, La Francine, ça fait bien rigoler « l'fillatre ».

—Ils ont un peu plus que l'âge de ton petit fils, répondit Francine.

—Tu voudrais pas de la super glue pour recoller ton dentier, lança Antoine.

Pierrot sourit franchement :

—J'ai pas envie d'me coller la goule, salopiot.

—Ça nous ferait pourtant des vacances, parfois, continua Francine.

—Vous voulez voir mes dents ?, reprit Pierrot en poussant son râtelier avec la langue.

Une petite claque de Francine derrière la tête vint répondre à l'invitation, accompagné d'un « non ». Mais le ton n'y était vraiment pas. Pierrot en profita pour conclure :

—Vous voyez, les drôles, ol'est bon d'vieillir, du moment qu'tu t'fends toujours la goule pour un « reun ».

Ferdinand, Richelieu, Youki

Le jour se levait maintenant, et les nuages avaient évacué le ciel. Le soleil rasant commençait à arroser la commune de ses rayons d'or, faisant briller partout des gouttelettes, minuscules survivantes de cette nuit humide.

Antoine, Jacky, Sarah, Françoise et « Tête-de-Rivet » était parvenus à décoller de chez Pierrot et Francine, après que la bouteille de cognac eût été totalement vidée. Ils déambulaient dans les rues, légèrement hagards. Leurs recherches pour retrouver Gros Fred s'étaient montrées vaines, mais leur appréhension restait mesurée, un brin d'ivresse protégeant leur gaieté. Le couvre-feu finissait juste et ils revenaient vers la cave, fatigués par la nuit blanche et cette grande marche à l'aube. En face, le bar de la mairie ouvrait. Ferdinand, le patron, sortait sa terrasse, accompagné de son fidèle pilier de bistrot, Richelieu, qui arrivant systématiquement à la même heure que Ferdinand, s'occupait d'ouvrir le store qui abritait la devanture. Ferdinand était de taille moyenne, le ventre rond qu'atteignait sa grande barbe blanche de prophète. D'aspect froid de prime abord, il devenait le meilleur des amis lorsqu'il connaissait une personne et l'appréciait. Philippe Richel, dit « Richelieu », dit « Le Cardinal », dit « Caporal casse-bonbons » squattait le troquet de l'ouverture à midi. Il partait ensuite faire une sieste de quelques heures, puis revenait le soir, jusqu'à la fermeture. Il était, grand, maigre, le cheveu rare et gras comme un bac à frites. Une élégance vestimentaire indéniable ne suffisait pas à masquer chez lui une hygiène plutôt douteuse. C'était un gars jovial, rigolard, même si son passé de légionnaire lié à quelques grammes d'alcool superflus pouvaient parfois lui faire adopter un ton sec et autoritaire. Il passait alors de « Richelieu » à « Caporal casse-bonbons » dans la bouche des présents et sous les quolibets, retrouvait vite son sourire et sa bonhommie. Les deux compères étaient accompagnés du chien de Ferdinand, Youki, un roquet au caractère de son maître, teigneux à première vue, très affectueux ensuite. Le poil blanc, constellé de tâches café au lait, il avait le museau fin et le regard brillant de malice. Nerveux, il ne tenait pas en place, se reposant peu, faisant la fête aux clients qu'il connaissait, grognant les autres et restant à l'affût de toute femelle passant devant le bar, en grand amateur de levrettes endiablées.

—Salut Youki, lança Antoine. Le chien, reconnaissant un ami, courut lui faire la fête. Sur ces deux pattes arrières, sautillant, il fit le tour du petit groupe, léchouillant par ci, reniflant par-là, à la recherche de caresses. Même Jacky lui fut immédiatement sympathique, en son instinct animal, et eu droit de le caresser sans qu'il se méfiât.

Les cinq amis s'installèrent en terrasse.

—Salut les gones, lança Fernand. Je suppose que vous sortez de bamboche, vu vos mines.

—Oh oui, répondit Françoise. On vient de passer une sacrée nuit.

—Vous prenez quoi ? un p'tit jus ?

—Après le cognac qu'on vient de torcher, ça va être compliqué. T'as toujours ton beaujolais blanc de chez Pluvinage, Le Petit Tracteur Rouge ?

—Si tu veux, mon gars. Et pour les autres ?

—Un café pour moi, répondirent d'une seule voix Françoise et Sarah.

— Moi je veux bien tenter le beaujolais, demanda Jacky tandis que « Tête-de-Rivet » hochait la tête en faveur du même breuvage.
— Vous avez raison, il est sans sulfite, c'est bon pour la santé et ça va bien nous réparer, ajouta Antoine.
Richelieu s'était rapproché de leur table :
— Alors les jeunes, c'est quoi ces mines de déterrés ? C'est ça d'piav' comme des trous. Moi de mon temps, au régiment, on pouvait bringuer toute la nuit, on était d'attaque pour reprendre du service le matin.
— Dis-donc grand ganais, arrête de balnav', coupa Ferdinand. Déjà t'as que quarante-cinq piges et en plus t'as fait trois ans d'armée dans ta vie. Le reste du temps tu l'as passé à rouiller sur des comptoirs.
— C'est pas d'ma faute si j'ai dû me mettre au caduche à cause de mes problèmes biliaires. Mais j'ai toujours le respect des camarades et j'rate pas un quatorze juillet à la « tévé ».
— Tes problèmes biliaires on sait d'où ils viennent, railla Fernand. Arrête de chougner et laisse-moi la gâche, que j'les serve. Vous voulez deux trois grattons avec le blanc ?

Richelieu rentra dans le bar, vexé et alla s'assoir sur une chaise haute, au coin du comptoir.

Les trois garçons se jetèrent sur les grattons, les cagouilles n'ayant visiblement pas suffit à éponger tous les excès.

Ferdinand regarda Françoise :

— Et ton belin, il est pas là, ma puce ?

Françoise s'assombrit :

— On l'a perdu. On a croisé « Nez-d'bœuf » cette nuit, on s'est tous cachés en vitesse, et depuis, plus de nouvelles de mon Fred, pas moyen de mettre la main dessus.

— Sale pélot qu'ce « Nez-d'bœuf » déclara Ferdinand. « Une vraie poukav' en plus. Vous savez qu'il est allé dire à la mairie que je restais ouvert la nuit pendant le couvre-feu ? Qu'il avait vu de la lumière au fond de mon troquet une nuit à deux heures du matin ? Il jacte comme une poule. Si j'le chope un jour dans un coin, il va manger ses dents. Y'a eu une nuit où « Le Cardinal » était trop raide pour mettre un pied devant l'autre, je le fais coucher dans l'arrière salle et l'autre trépané me rodav '. Soyez bons avec les sacs à vins, aussi.

— J't'ai entendu, hein, lança Richelieu du fond de sa retraite.

— Ha ta mouille, grand bambane, on n'a pas idée d'se mettre dans des états pareils !

Richelieu n'insista point. Soudain, Youki qui s'était couché à côté du petit groupe démarra tel un coureur de ses starting-blocks. Ses griffes crissèrent sur le sol et il traversa la route, évitant de justesse un cycliste matinal qui passait par là.

— Merde, il a vu un greffier, ce con là, dit Ferdinand. Y peut pas les saquer, ces bestioles. Pourtant elles lui ont jamais rien fait, si ce n'est lui souffler dessus. C'est atavique, quoi. Reviens ici, abruti de cabot, fous-lui la paix.

Mais le chien, têtu et rendu sourd par la hargne qu'il ressentait envers les chats, avait maintenant disparu derrière la place de l'église. Souvent, il partait des heures en vadrouille, dans des escapades sans fin et revenait épuisé, parfois meurtri. Il mangeait à peine, restait une journée endormi, puis se réveillait, frétillant, prêt à recommencer.

Un jour qu'il s'était enfui dans les mêmes circonstances, il avait échoué dans la cour d'une petite entreprise d'électricité, dans la zone industrielle du village, à quatre kilomètres du bar. La boucle de son collier s'était emmêlée dans un amas de grillage fin et le chien pris au piège, n'avait pu que tirer sans succès, resserrant encore la ferraille autour de la boucle. Le soir, lorsque l'artisan était rentré avec deux de ses employés, il avait trouvé Youki retenu prisonnier à quelques centimètres de la porte des locaux. Impossible de l'approcher ou de rentrer ! Les crocs tout en dehors, le poil pourtant ras dressé comme la justice sur son museau, les jambes tendues et tremblantes de rage, le canidé, aussi petit qu'il soit, inspirait une crainte féroce aux trois hommes. Heureusement, l'un des gars avait reconnu le « bâtard du Ferdinand » et l'on avait pu l'appeler au bistrot. À son arrivée, le chien était devenu doux comme un duvet de jouvencelle, et il avait pu le détacher sans problème. Youki avait même léché la main du patron électricien comme pour lui dire « sans rancune ! ».

—J'espère qu'il ne va pas aller encore s'emberlificoter quelque part, cet affreux Jojo, lança Ferdinand, déjà inquiet, en le cherchant des yeux. Il est toujours en train de rouler, un vrai clochard.

Ses premiers clients avaient fini leurs consommations. Les grattons étaient négociés. Antoine lui dit :

—Allez, t'inquiète-pas mon Ferdinand, on repart chercher Gros Fred, si on trouve ton cabot on t'le rapporte.

—C'est gentil, les gones, répondit le taulier. Mais faîtes gaffe qu'il vous mette pas un coup d'chailles, il est teigneux c't'andouille.

—C'est quand même dommage qu'il se soit sauvé, remarqua « Tête-de-Rivet ». On aurait pu lui faire sentir une affaire au Fred. Il nous aurait peut-être menés vers lui.

—Ça m'étonnerait, Colombo, répliqua Ferdinand. Le chien ne peut plus le sentir depuis qu'il lui a mis un coup de pied, l'autre jour. Faut dire que le cador l'a bien cherché. Il est venu lui renifler les godasses et les jambes. Je ne sais pas ce que Fred avait foutu, mais ça lui plaisait à Youki son odeur. Il s'est mis à se frotter comme un fou contre sa jambe et Fred l'a envoyé valdinguer à trois mètres. T'inquiète qu'il lui garde un chien de sa chienne, mon toutou.

—Allez, on y va, conclut Antoine.

—Attendez, j'viens avec vous, cria Richelieu en se levant subitement. Y sera pas dit que je f'rai rien pour le chien du patron qu'est mon ami.

Il fit deux pas et s'écroula de tout son long sur la face. Ferdinand courut pour l'aider à se relever :

—Espèce d'outre à vin, t'as déjà torché ton deuxième pot d'beaujolpif ? Non mais regardez-moi ce pionnard. Viens t'allonger sur la banquette, tu chercheras le clebs une autre fois.

—T'es pas gentil, Ferdi, c'est parce que j'me suis levé trop vite et que ma tête a tourné que j'me suis étalé, c'est pas à cause du pinard, tu sais bien, y m'en faut plus.

—Appelle moi pas « Ferdi », tu sais que j'aime pas, et cuve un moment, ivrogne, ça te remettra le peu d'idées que t'as en place.

Richelieu s'étendit sur une banquette et nos amis purent vaquer à la recherche de Gros Fred et du cabot fugueur. Il n'était pas loin de sept heures et la rue était encore déserte. Le peuple semblait s'être habitué au confinement et au couvre-feu et prenait maintenant son temps pour sortir le matin. Braves français rouspéteurs mais dociles, semblant se faire à tout. Rentrer le soir avant dix-neuf heures était plus compliqué, surtout avec ces jours qui s'allongeaient. Après tant de privations de liberté, on aurait aimé à musarder plus longtemps, regarder le soleil se coucher au-dessus du Beaujolais et profiter de ses derniers rayons, comme une échappatoire à la grisaille de l'existence depuis le début de l'épidémie. Voilà pourquoi nos amis avaient bravé le couvre-feu, non pas dans une pure volonté de dissidence mais plutôt dans une révolte inconsciente de leur être, pour sentir la nuit sur leurs épaules, cette douce nuit qui n'existait plus que lorsque chacun était enfermé chez lui de force, dans la lumière artificielle, cette nuit qui comptait autant que le jour dans le corps et la psyché de l'être humain.

Le groupe partit dans la direction ou Youki s'était enfui.

— Si on se séparait ? proposa « Tête-de-Rivet ».
— Non dis Françoise, on a déjà perdu Fred, on reste ensemble. De toute façon, on passera tous au même endroit, et je ne pense pas qu'il courre dans tous les sens, à cette heure-ci. Ah, si jamais je le trouve en train de cuver, je le massacre. Non, je l'embrasse plutôt, voilà, je l'embrasse et le sers fort dans mes bras. Dîtes-moi qu'on va le retrouver sain et sauf les amis.

— Mais oui » la rassura Antoine. On va le retrouver, va. De toutes façons, qu'est-ce qu'il risque ? Il ne sera pas allé vers la Saône, il a horreur de la flotte. Il a dû se réfugier chez un copain, et si ça se trouve il est en train d'écluser un énième litron pendant qu'on se fait du mouron pour lui.

Ils descendaient pour la troisième fois la rue principale, quand Jacky qui marchait devant, cherchant sérieusement et scrutant chaque recoin s'exclama :

— Youki est là-bas, je le vois qui cours devant nous, Youki, viens ici mon chien.

Mais Youki ne l'entendait pas de cette oreille et comptait bien prolonger sa balade, déclenchée par le passage du matou. Il semblait être passé à tout autre chose et avançait tranquillement en reniflant chaque coin de rue, chaque plot et en compissant généreusement les endroits en question, comme un Manneken-Pis en goguette.

En entendant crier son nom par une autre voix que celle de son maître, il accéléra significativement son allure et disparut aux yeux de Jacky au premier virage. Les autres avaient eu à peine le temps de l'apercevoir. Tous se mirent à courir pour essayer de le rattraper, mais passé le coin de rue, plus aucune trace. Ils reprirent une marche lente, essoufflés par l'effort qu'ils venaient de fournir après cette nuit éprouvante. Arrivés en bas, ils empruntèrent la rue du lavoir, qui retournait au centre du village en longeant son côté ouest. C'était une belle ruelle médiévale, avec des pierres dorées. Des vierges sous verre ornaient certains coins des bâtiments qui bordaient la voie. Sur la gauche, le lavoir encore en activité, déversait une eau abondante, signe d'une pluviosité exceptionnelle pour la saison. On n'avait pas vu cela depuis des années. Les sécheresses récurrentes avaient en effet habitué la population à n'observer qu'un mince filet d'eau sortant du robinet en métal rouillé. Après la COVID, c'était le déluge qui était tombé. Et maintenant nos amis, fatigués, cherchaient leur ami.

Ils s'étaient arrêtés, écoutant le bruit de l'eau qui coulait, en une demi torpeur. Ils réfléchissaient, chacun en soi et sans se le dire, à des pistes potentielles pour retrouver Gros Fred. Ils avaient chaud malgré la fraîcheur de l'endroit et aspiraient à se reposer. Mais pas question de lâcher leur compagnon. Après s'être tous rafraîchis à l'eau du bassin, ils reprirent leur quête d'un pas décidé. Ils atteignaient l'église quand ils surprirent Youki. Il n'y avait que peu de chances qu'il se sauve cette fois-ci. Il venait de monter sur une jolie femelle de Berger des Shetland et serrant ses pattes sur les flancs de sa partenaire, s'apprêtait à satisfaire l'un de ses besoins favoris. Nos amis respectèrent dans le silence les quelques secondes nécessaires à l'épanchement de ses sens, puis tentèrent une nouvelle fois de l'appeler en un chœur presque parfait. Ils furent surpris de voir le chien répondre à leur appel et venir vers eux, fièrement, comme satisfait de sa prestation.

Ils reprirent tous ensemble leur chemin, passèrent à côté de l'église pour rejoindre le bar de Ferdinand. Arrivés au niveau de la place, le cabot, décidément obsédé, bifurqua sur la droite, vers le parking, allant planter directement sa truffe sous la jupe d'une jeune femme qui s'en allait travailler avec sa sacoche d'ordinateur en bandoulière. Elle sursauta à ce contact frais et Antoine cria « Non, Youki, viens ici, on ne sent pas le cul des gens ! Excusez-le mademoiselle ». Mais le fumet que le chien avait semblé apprécier, fut comme une réinitialisation pour ce dernier. Il repartit dans ses gambades, reniflant, arrosant. Arrivé au parking, les pneus des voitures garées ici firent l'objet, un à un, des mictions courtes mais abondantes du cabot qui semblait en avoir à revendre. Nos amis, qui le suivaient entendirent alors un bruit de moteur. Il n'y avait personne dans le secteur et « Tête-de-Rivet » hasarda :

—On dirait qu'il y a un véhicule qui fait de l'auto-allumage.

Soudain, à la cinquième voiture bénite par le canidé, celle qui semblait faire ce bruit, l'on entend un barrissement qui dut réveiller tous les voisins :

—Mais Nom de Dieu de Putain de Bordel à Cul de Pompe à Merde. Voilà qu'on me pisse dessus maintenant. Chierie de vie. Mais ça va jamais s'arrêter ?

Tandis que Youki se débinait en quatrième vitesse, le groupe se précipita vers la voix de l'éléphant grossier, qui n'était évidemment autre que Gros Fred. Une main dépassait de sous la voiture, souillée par le cabot.

—C'est toi mon Fred ?, demanda Françoise.

—Ha ben c'est pas trop tôt, répondit Gros Fred. Ça fait des plombes que j'suis coincé sous cette tire. J'parie qu'c'est Antoine qui s'amuse à m'pisser sur la paluche. Attends qu'j'te chope salopard, tu vas moucher rouge.

—Non c'est un clébard, dit Antoine en prenant soin de ne pas dévoiler l'identité du coupable. Mais qu'est-ce que tu fous là ma gonfle ?

—Ce que j'fous là ? J'bronze tu vois pas ? Sortez-moi d'là plutôt qu'poser des questions connes. j'vous dis qu'j'suis coincé. C'est ma ceinture qu'est accrochée après la bagnole, pas moyen d'la défaire, cette merde.

Antoine sortit un opinel de sa poche et s'allongea le long de la voiture. Il trancha net la ceinture. Puis « Tête-de-Rivet » attrapa la main non souillée de Gros Fred et tira, tandis que ce dernier se tortillait à plat ventre pour sortir.

—Doucement, hurla t'il. Y'a quelque chose qui m'arrache le cul. Mais qu'il est con ce flic.

—Dis-donc Fred, parle-moi autrement ou démerde toi, j'suis pas ton bouc émissaire.

—'Scuse moi, poulet, j'pensais pas ce que j'disais. Comprends-moi, des heures qu'j'suis là d'sous, j'ai mal partout. Ça m'joue sur les humeurs.

Le policier demanda aux quatre autres de lever l'arrière gauche du véhicule en saisissant la taule autour de la roue, « pour faire jouer la suspension ». Puis il reprit son

effort pour tirer Gros Fred de cette situation. Celui-ci, dans une suprême convulsion, réussit enfin à sortir de sa position inconfortable. Il se mit d'abord à genoux en étirant son dos, puis se releva et fit quelques pas, accompagné de Françoise qui lui tenait la main. Elle lui dit gentiment :
— Mais qu'est-ce qu'il t'est arrivé ? Cela fait des heures qu'on te cherche. J'étais morte d'inquiétude.
— Attends, amour, faut qu'j'écluse un canon, là, j'ai la fiole qui valse et les cannes en guimauve. Il est ouvert, Ferdinand ?

En guise de réponse, la petite troupe enfin au complet se dirigea tranquillement vers le bistrot.
— Beaujolpif pour tout l'monde, lança Gros Fred en entrant. Ton blanc qui tue, et qu'ça chauffe, Marcel, j'ai la dalle en pente.

Ferdinand leva les yeux et souris au bonhomme :
— Ha ha, t'es là Fred ? Y a deux minutes Youki est rentré, maintenant, c'est toi ! Et alors ? Qu'est ce qui t'es arrivé ?
— Me compare par à ton corniaud, Ferdi. D'ailleurs j'le soupçonne de m'avoir pissé d'sus toute à l'heure, même si les autres prétendent qu'ils ont rien vu.

— Comment ça pissé dessus ?
— Bon, en fait j'vais tout vous narrer. Quand on est sortis d'la cave cette « noye », après la halte au parapet, j'me baguenaudai pas loin derrière les deux moukères, quand j'ai pris un coup de pompe monumental. Faut dire que j'm'étais payé deux jours de turbin d'affilé à l'hosto, et qu'j'avais dû pioncer pas plus de trois broques dans c'laps de temps. Avec les quelques glass qu'on s'est tartis, ça m'a coupé les pattes. Alors, j'ai voulu retourner vers la place pour m'poser sur un banc histoire d'faire reposer la viande deux s'condes. Juste quand j'faisais demi-tour, j'ai entendu l'aut'pomme de « Tête-de-Rivet » qui lançait son vingt-deux. Y a tout l'monde qui jartait en débandade, j'savais pas trop où s'trouvait ce naveton de « Nez-d'bœuf » alors j'ai couru moi aussi et j'me suis jeté sous la première tire garée. J'suis péniblement passé d'sous parce que c'était évidemment la plus basse du parking, et en plus ma ceinture s'est accrochée après je-sais-pas quelle saloperie. Pas moyen d'en sortir, de la détacher, c'était trop étroit. J'arrivais pas à passer mes paluches sous ma brioche. Du coup, je crois bien que

j'me suis mis à peser des figues, jusqu'à ce que je sente un liquide chaud sur ma dextre qui m'a réveillé. En évoquant ce dernier fait, Gros Fred posa les yeux sur Youki qui semblait le regarder pas en-dessous.

— C'est toi, hein, sale cabot, j'suis certain qu'c'est toi, rien qu'à voir l'air que t'as d'te foutre de ma gueule.

Le chien, sur la défensive, émis un grognement sans bouger.

— On n'accuse pas les gens sans preuve, et encore moins les animaux, dit Ferdinand.

— J'te dis qu'j'le vois sur sa tronche, répondit Gros Fred. Ce clébard, dès qu'y peut m'faire une vacherie, il est partant. J'suis sa tête de Turc à cette bestiole.

— Sa tête de poivrot, oui, s'exclama Antoine.

— Et s'est r'parti, se plaint Gros Fred. J'ai pas assez souffert comme ça, faut qu'vous en rajoutiez.

— N'empêche que sans nous, t'y serais encore, sous la bagnole, ajouta « Tête-de-Rivet ».

— C'est pas faux, reconnu Gros Fred. Allez Ferdinand, remets une tournée, c'est pour moi et après, je calte. Je reprends du service ce soir et j'aimerais bien mettre la viande dans l'sac quelques heures avant d'retourner au taf.

Les amis reburent une tournée, puis Ferdinand paya celle du patron. Huit heures trente approchaient. Une certaine euphorie faîte de fatigue et d'ivresse légère régnait dans l'estanco.

— T'as pas ton Richelieu, ce matin ?, demanda Gros Fred au patron.

— Oh si, il est déjà cuit le pélot, il ronfle à côté, sur la banquette.

Ce fut le moment que choisit « Le Cardinal » pour réapparaître :

— Regarde-moi ça, comme on casse du sucre sur mon dos dès que j'lai tourné, bande de balnav'. J'suis en pleine forme, moi. Remets-moi un pot, Ferdi, du rouge s'il te plait, le blanc m'énerve et me fatigue, ce matin.

— T'énerve pas trop Gros, lui répondit Ferdinand en le servant. C'est pas bon pour ta tension. Et puis des fois qu'il te prenne l'envie de marner, faut que tu restes en forme.

Tous s'esclaffèrent à ces railleries.

Gros Fred se leva :

— Faut qu'j'aille faire pleurer l'colosse, je r'viens.

Jacky qui ne connaissait pas l'expression lança :

—Décidément, j'en aurai appris en une seule nuit. j'en savais quelques-unes concernant ce désengorgement - lancequiner, changer l'eau du bocal, lisbroquer, faire pleurer le gamin et d'autres - mais pas celle-ci.

On entendit à cet instant un grand cri. Gros Fred devait passer devant Youki pour se rendre au toilettes. Le chien apeuré par son arrivée, s'était dressé et avait filé entre ses jambes. Gros Fred saisi de nouveau par la suspicion et la rancune, avait tenté de lui donner un coup de pied en se retournant. C'est là que son pantalon dépourvu de ceinture était tombé sur ses mollets, lui emmêlant les jambes et provoquant sa chute. Il avait manqué sa cible et le chien, réfugié derrière le comptoir, assis à côté de son maître, le regardait d'un air goguenard. Gros Fred était resté à genoux, la tête baissée, comme désespéré. Un éclat de rire général emplit la salle.

—Oh le beau sourire de plombier, lança Richelieu. T'as dû piav' plus que moi pour être rond comme ça, mon pilon.

Mais Gros Fred se releva, remonta son bénard et s'approcha doucement du Caporal, l'air menaçant :

—J'pourrai jamais être plus rond que toi, t'as trop d'avance. Même en picolant des mois entiers, vingt-quatre heures sur vingt-quatre, j'atteindrai jamais ton grammage, vieille éponge puante.

Il continua de fixer dans les yeux le pauvre ivrogne.

— Hé, tu vas pas me taper dessus, quand même ? dit ce dernier.

Gros Fred fronça les sourcils, puis éclata de son gros rire tonitruant :

— Je f'rais pas de mal à une mouche à merde, alors à toi, tu penses bien. Je crois que j'vais faire la paix avec ton clébard, Ferdinand, il est trop malin pour qu'on l'déteste. Allez gars, mets la der des ders pendant que j'vais m'dégorger l'poireau.

— C'est bien de le prendre comme ça, fit remarquer Jacky.

— Tu sais, la vie c'est un plat de merde dont tu bouffes une cuillère chaque jour. Alors faut pas s'prendre trop au sérieux, on clapsera tous d'toute façon.

Le jour s'affirmait maintenant et un beau soleil semblait enfin vouloir s'installer pour la journée.

— Bon, ben je vais y aller, lança Antoine. C'est l'heure d'ouvrir la cave.

— Comme après un signal, tout le monde sortit du troquet.

— Moi aussi j'y vais, dit Jacky. J'ai du pain sur la planche.
— Dans quoi est-ce que tu travailles, au fait, demanda Sarah.
— Dans la socio-anthropologie. Et là, j'ai de la matière pour m'éclater.
— Tu reviendras nous voir, quand même ?
— Oh oui ! Il y a la pratique et la théorie. Et avec vous, la pratique, c'est ce qu'il y a de plus agréable. Une autre vision de la vie, avec des lunettes roses.

Jacky embrassa ses nouveaux amis puis partit rejoindre sa voiture. Il se retourna plusieurs fois en saluant de la main. Les autres restèrent sur le trottoir à le regarder s'en aller, répondant à ses saluts, jusqu'à ce qu'il disparaisse au tournant de la rue.

Jacky se jura, un peu tôt ce matin, qu'on l'y reprendrait encore ! Bientôt ...

Fin de l'épisode.

Table des matières

Jacky, Antoine, Gros Fred, Françoise 11

« Tête-de-Rivet » 23

Sarah... 47

« Nez-d'bœuf », Pierrot, Francine................................... 69

Ferdinand, Richelieu, Youki 105